INTRO

Enhorabuena, tienes en tus manos 20 de las mejores historias jamás contadas. Pero antes de empezar, ¿por qué no dedicas unos minutos a conocer un poco más a los hombres que las escribieron para hacerlas llegar hasta tí?

HANS CHRISTIAN ANDERSEN (1805-1875)

Fue un autor danés, recordado sobre todo por sus cuentos de hadas, aunque su popularidad no solo se limitó a las historias infantiles. Sus cuentos han sido traducidos a más de 125 idiomas y se han convertido en parte fundamental de la cultura occidental. Sus historias presentan lecciones de virtud y resistencia ante la adversidad, válidas tanto para mayores como para pequeños. Algunos de sus cuentos más famosos son "La Sirenita", "El traje Nuevo del Emperador" o "La Reina de nieve".

CHARLES PERRAULT (1628-1703)

Autor francés que inició el género de los cuentos de hadas, partiendo de historias populares existentes ya en su época. Sus cuentos más conocidos son "*Le Petit Chaperon rouge*" (Caperucita roja), "*Cendrillon*" (Cenicienta), "*Le Chat Botté*" (El gato con botas) y "*La Belle au bois dormant*" (La bella durmiente). Algunas versiones de Perrault pueden haber influido las versiones posteriori publicadas en alemán por los hermanos Grimm 200 años después. Sus historias aún se leen e imprimen y han sido adaptadas a la ópera, el ballet, el teatro y películas.

LOS HERMANOS GRIMM (1785-1863)

Jacob (1785–1863) y Wilhelm Grimm (1786–1859), fueron profesores y autores alemanes que se especializaron en recolectar y publicar folklore (historias populares) durante el siglo 19. Popularizaron historias como Cenicienta ("*Aschenputtel*" in German), El rey rana ("*Der Froschkönig*"), Hansel and Gretel ("*Hänsel und Gretel*"),"Rapunzel","Rumpelstiltskin"("*Rumpelstilzchen*") o La Bella Durmiente ("*Dornröschen*").

La popularidad de sus cuentos ha resistido el paso del tiempo. Están disponibles en más de 100 idiomas y han sido adaptados por cineastas incluyendo a Walt Disney, con películas como *Cenicienta*, Blancanieves y los Siete Enanitos y La Bella Durmiente.

CARLO COLLODI (1826-1890)

Carlo Collodi era el pseudónimo (nombre artístico) de Carlo Lorenzini. En 1875, se inició en la literatura infantil con "*Racconti delle fate*", una traducción del francés de los cuentos de Perrault. Lorenzini quedó fascinado por la idea de un personaje divertido y amigable y en 1880 empezó a escribir "*Storia di un burattino*" ("La historia de una marioneta"), también llamada "*Le avventure di Pinocchio*", que se publicó semanalmente en "*Il Giornale per i Bambini*" (el primer diario italiano para niños).

LEWIS CARROLL (1832-1898)

Su nombre real fue Charles Lutwidge Dodgson. Fue un escritor inglés y matemático y sus escritos más famosos son "*Alice's Adventures in Wonderland*" (Alicia en el país de las maravillas), y su continuación "*Through the Looking-Glass*" (A través del espejo). Es conocido por su facilidad con los juegos de palabras y acertijos.

JONATHAN SWIFT (1667-1745)

Escritor anglo-irlandés y activista político y social. Se le recuerda por trabajos como "Gulliver's Travels" (Los viajes de Gulliver), donde a través de la observación de un país ajeno y extraño como Liliput aprovecha para criticar las costumbres de la sociedad de su época.

DANIEL DEFOE (1660-1731)

Periodista, espía, comerciante y autor inglés, conocido sobre todo por su famosa novela Robinson Crusoe. Defoe es uno de los primeros novelistas británicos y escribió más de 500 libros y diarios.

SIMBAD EL MARINO
Anónimo

Surcando los más remotos mares del globo, navegaba el barco de Simbad, el marino más intrépido del Antiguo Oriente. Aquella era una época en la que terribles monstruos acechaban la vida de los hombres. Sin embargo, Simbad era valiente y nada iba a detener sus ansias de aventuras.

- Tripulación, os habla Simbad. Ha llegado el momento de zarpar de nuevo. Aquel que quiera acompañarme tendrá gloria y fortuna.

Y el navío de Simbad se hizo a la mar como tantas otras veces. Le acompañaba su fiel tripulación y su criado leal, Ben Alí:

- Simbad, querido amo, me parece ver algo en el horizonte.

- En efecto, Ben Alí, hay una extraña roca a estribor.

Pero no, aquello no era una roca, sino un gigantesco dedo que empezó a moverse. Al momento, el cuerpo de un horrendo gigante marino emergió de las aguas.

- ¿Quién se atreve a perturbar mi sueño?

- Somos nosotros, gigante malcarado.

El gigante se enojó ante tal osadía y empezó a sacudir el barco. Varios marineros cayeron al agua. Simbad se enfrentó al monstruo con la valentía que le caracterizaba.

- Suelta el barco y lucha cuerpo a cuerpo.

Pero al gigante le hizo gracia aquella impertinencia y decidió marcharse, llevándose consigo a Simbad y a Ben Alí.

- ¡Ahora sois mis prisioneros! ¡Os dejaré en esta isla desierta y vendré a buscaros cuando tenga hambre! ¡Ja, ja, ja, ja!

- Amo Simbad, mira, la arena está llena de huesos. Seguro que estos deben haber sido nuestros predecesores. ¡Estamos perdidos, mi señor!

- Todavía no, Ben Alí. Vamos a reunir algunos troncos y construiremos una balsa. Ya verás cómo burlaremos a ese gigante.

Simbad y Ben Alí trabajaron con gran rapidez. El pobre Ben Alí se giraba a cada momento con el temor de ver aparecer la terrible cara del monstruo. Pero tuvieron suerte y hacia el atardecer la balsa ya estaba lista para zarpar. Los dos marinos se lanzaron al mar.

- No te preocupes, Ben Alí, aunque no tengamos ni comida ni bebida, Alá nos guiará.

- ¡Que Alá misericordioso lo quiera, Simbad!

Así pasaron la noche. A la mañana siguiente, el mar resplandecía por los reflejos del sol, pero no se veía tierra por ninguna parte.

- Ay, amo, daría lo que fuese por algo de comida, aunque fuese una alita de un pájaro pequeño.

En el mismo momento que pronunció esas palabras, una enorme sombra cubrió el sol, se trataba de un ave inmensa, más grande que una casa, que revoloteaba sobre las cabezas de nuestros amigos.

- ¡Por Alá! Yo había pedido un pajarito, no este monstruo. Esto parece un águila gigante y no creo que sus intenciones sean muy buenas.

- Seguro, Ben Alí. ¡Prepárate, viene hacia nosotros!

El águila gigante atrapó a los dos marinos con sus garras y empezó a elevarse hacia las nubes.

- ¡Amo, haz algo! Yo soy un hombre de mar y no soporto las alturas.

- ¡No mires hacia abajo, Ben Alí! Acabo de tener una idea, le rascaremos las patas al águila hasta provocarle cosquillas. Al ser molestia, seguro que abre las garras y nos suelta.

De tal manera lo hicieron, Simbad y Ben Alí cayeron al mar. La zambullida fue muy violenta, pero gracias a la sangre fría de Simbad lograron salir a la superficie.

- Vamos, Ben Alí, sigue nadando. ¡Veo tierra!

- Sí, amo.

Aprovechando las escasas energías que les quedaban llegaron hasta una isla. Cuál sería su sorpresa al descubrir que el suelo de la isla estaba cubierto de cientos y cientos de diamantes.

- Simbad, debemos estar en el paraíso. Nunca en mi vida había visto tantos diamantes y tan grandes. Crecen por todas partes, sobre la arena, en la copa de los árboles, entre los matorrales.

- Es cierto, Ben Alí, y brillan con tal intensidad que se hace difícil abrir los ojos. A saber dónde, en qué rincón remoto de la tierra nos hallamos.

Una voz terrible le dio la respuesta.

- ¡Arrrrggg! Yo puedo responder a esta pregunta. Estáis en la isla del dragón de dos cabezas. Y ahora despedíos, porque os voy a hacer desaparecer, os voy a hacer desaparecer.

- ¡Corre, corre, Ben Alí! ¡Corre!

- ¡Vamos, sí!

- ¡Allí hay una cueva!

Simbad y Ben Alí se salvaron por los pelos. La cueva era demasiado estrecha para el terrible dragón de las dos cabezas. Pero este empezó a dar golpes para derribarla.

- Hay que seguir adelante, Ben Alí. No estamos en lugar seguro. ¡Mira, hay luz! Debe ser la salida de la cueva.

Corrieron hacia allí escapando de la amenaza del dragón. Sigilosamente huyeron hacia el centro de la isla, vigilando no pisar ningún diamante, pues estaban tan afilados que podían producir cortes mortales.

- Simbad, estoy tan hambriento que creo que hasta me comería algún diamante. ¡Qué lástima tener toda esta fortuna en lugar de un buen filete!

Como si Alá hubiese oído a Ben Alí, empezaron a caer grandes pedazos de carne como llovidos del cielo.

- Se ha cumplido mi deseo. ¡Aleluya!

- ¡Cuidado, Ben Alí, es una trampa!

Algo muy extraño ocurrió. Decenas de aguiluchos, tan grandes como elefantes, descendían en picado para coger los pedazos de carne que al caer sobre los diamantes quedaban repletos de dichas joyas.

- Ben Alí, agárrate a uno de esos pedazos de carne y déjate llevar por el águila.

- Sí.

- Yo haré lo mismo.

Así lo hicieron y fueron transportados hasta los nidos de las aves donde estas les dejaron caer. Simbad comprobó que lo que había imaginado era cierto, junto a los nidos había unas escaleras de cuerda que conducían hasta el suelo. Y en la bahía fondeaba un barco pirata.

- ¡Ajá! Me lo suponía. ¿Ves ese barco, Ben Alí? Esos piratas trafican con los diamantes, lanzan carne sobre ellos y los diamantes quedan pegados. Las águilas recogen esa comida y la llevan a sus nidos, entonces los piratas llegan a los nidos y toman los diamantes, librándose del peligro del dragón.

- Qué listo eres, amo. ¿Pero, qué hacemos ahora?

- Muy fácil. Llenarnos los bolsillos de diamantes y marchar de aquí antes de que lleguen los piratas.

- ¡Me parece una idea excelente!

Aprovechando que los piratas estaban distraídos recogiendo diamantes, Simbad y Ben Alí subieron a una barquita que estaba en la orilla. En el fondo de la barca les esperaba una nueva sorpresa: tres sacos con diamantes.

- ¡Y además hay una bolsa de comida! ¡Ja, ja, ja!

- ¡Ánimo, Ben Alí! Seguiremos la dirección del viento y pronto llegaremos a algún puerto amigo.

Pasaron los días y la comida se acabó. Los dos marinos estaban a punto de perecer de sed, cuando...

- Tierra. Estamos salvados, mi fiel Ben Alí.

- Sí, mi amo.

Estaban a salvo y además eran unos hombres riquísimos. Aquellos diamantes les sirvieron para reunir de nuevo a la tripulación y reparar el barco y todavía les sobró bastante.

Pero, como Simbad no podía estarse con los brazos cruzados, muy pronto salieron en busca de nuevas aventuras. Pero eso ya es otra historia.

FIN

EL PATITO FEO
Hans Christian Andersen

Érase una vez que en un pequeño pueblecito había una hermosa granja. Los dueños tenían toda clase de animales: perros, caballos, vacas, ovejas, gallinas, conejos y patos. Nuestra historia comienza justamente cuando la señora pata se encontraba muy preocupada incubando ocho huevos y esperando que sus patitos nacieran de un momento a otro.

Por fin, uno rompió el cascarón y asomó su cabecita. La tenía cubierta de una pelusilla rubia y tenía cara de ser muy travieso. Después, apareció otro, otro, otro y otro y así hasta siete. Todos, dando débiles graznidos, se pusieron junto a su mamá, muy contentos de estar todos reunidos.

- Esperad, esperad, hijos míos, que todavía falta uno de vuestros hermanitos por salir del cascarón.

Todos dirigieron su mirada hacia el único huevo que aún quedaba entero. De pronto, comenzó a tambalearse y a crujir y a resquebrajarse el cascarón. Y ¡zas! Apareció un patito, pero un patito de color gris, larguirucho, con un pico enorme, feo y desgarbado, que avanzó hacia la mamá pata y sus hermanitos saludándoles alegremente:

- Hola, mamá. Hola, hermanitos.

La señora pata se quedó espantada de tener un hijo tan feísimo. Y sin mirarle apenas, echó a correr hacia el estanque, seguida de todos los patitos. El último, el patito feo, gritaba:

- Esperadme, esperadme, por favor.

Pero ninguno le esperó. Ya estaban todos en el agua aprendiendo a nadar. Otros animales que se hallaban cerca del estanque, le miraban y se burlaban de él:

- Pobre señora pata, qué desgracia tan grande tener un hijo tan feo.

- ¡Muuuuu! A mí me daría vergüenza.

- Jo, jo, jo, jo. Mira cómo corre, parece un tonto.

Llegó, al fin, al estanque, y sin pensarlo, se tiró también al agua, pero... De pronto, como en un espejo, se vio reflejado en el agua y se quedó sorprendidísimo. No era igual que sus hermanos. Le entró una vergüenza espantosa y corrió a refugiarse junto a su mamá. Pero la señora pata, al ver que todos la miraban, dijo muy enfadada y apartándole con el ala:

- ¡Quita, quita, déjame!

El patito feo se alejó muy triste.

- Nadie me quiere. Me iré muy lejos y no volveré nunca más.

Y echó a andar y andar y andar. Todo el día estuvo andando bajo un sol agotador. Al atardecer, llegó a una laguna donde descansaban algunos gansos salvajes:

- ¡Qué feo eres, muchacho! ¿De dónde vienes? ¿De qué raza eres?

- No lo sé. ¿Y ustedes?

- Nosotros somos gansos. Y viajamos continuamente de un país a otro.

De repente, sucedió algo espeluznante. Hubo un gran revuelo y todos los gansos salieron volando, pero algunos cayeron otra vez a la tierra, otros pudieron huir, los perros iban y venían ladrando horriblemente. El pequeño patito feo trataba de ocultarse, temblando de miedo y escondió la cabecita debajo del ala. Uno de los perros, uno muy grande, le descubrió. Se acercó a él, lo olfateó y dijo:

- ¡Guau, guau! Va, es muy pequeñajo, solo tiene plumón y es bien feo. Haré como si no lo hubiera visto.

Cuando llegó la noche, el pobre patito estaba todavía tiritando de frío y de miedo, sin atreverse a mover siquiera ni una de sus plumas. Después de aquella terrible noche, salió el sol otra vez y echó a andar. Encontró una casa en medio del campo, en ella vivía una campesina con un gato y una gallina. Cuando vio que se acercaba el patito dijo:

- ¿Quién eres? Bueno, pasa, pasa. Yo soy muy mayor y no veo muy bien. Siempre hubiera querido tener una pata en mi casa que pusiera huevos y tener muchos patitos.

Pasaron unos días y, claro, el patito no ponía huevos. Y sus compañeros, la gallina y el gato, eran muy antipáticos:

- ¡Miau, miau! Todavía si pudieras cazar ratones... pero, anda hijo, que además de no servir para nada eres feísimo.

- ¡Co-co-co-co-co! Mira, mira cuántos huevos pongo yo. A ver si aprendes.

Como el patito tenía muchas ganas de nadar en algún estanque, una mañana muy temprano abrió la puerta muy despacito y marchó al campo. Ya llegaba el invierno y empezaban a caer algunos copos de nieve. Menos mal que encontró un estanque muy grande y decidió quedarse a vivir allí. Todos los días nadaba en las transparentes aguas, moviendo muy deprisa sus patitas para que no se le quedaran congeladas.

Así pasó el invierno y llegó la primavera. Ya no hacía frío, y los pájaros revoloteaban de rama en rama. Brotaron flores de muchos colores y las mariposas volaban entre ellas y de vez en cuando se posaban sobre alguna.

El patito, en uno de sus paseos, llegó hasta los jardines de un palacio. En el centro había un gran lago. Se acercó para verlo y lo que contempló le dejó paralizado de emoción. En medio del lago nadaban tres bellísimos animales, blancos y esbeltos, con gráciles movimientos. Tenían el cuello largo y el pico anaranjado. Eran cisnes. Cuando se dieron cuenta de su presencia nadaron hacia él. Pero el patito, al ver que se acercaban, pensó:

- Vienen hacia aquí. ¡Qué vergüenza que me vean tan feo como soy! Seguro que me echaran a picotazos.

Grande fue su asombro cuando escuchó:

- Ven a nadar con nosotros, hermano.

El patito feo se miró en el agua del estanque y se quedó maravillado. Aquel ya no era un patito feo, era también un cisne precioso. Se unió a los hermanos cisnes, y nadando marchó con ellos. Ya nunca habría de separarse.

Y colorín, colorado, este cuento se ha acabado.

FIN

ALICIA EN EL PAIS DE LAS MARAVILLAS
Lewis Carroll

Una hermosa tarde de Junio, Alicia y su hermana mayor, Ana, salieron a pasear por un lago cercano. Allí, a la sombra de un árbol, Ana, comenzó a leer en voz alta una lección de historia. Aquello aburría bastante a Alicia, que era una niña llena de imaginación. Muy pronto se distrajo de la lección jugando con Dina, su pequeña gatita que le acompañaba siempre a todas partes.

- ¡Oh, Dina! ¡Qué aburrida es la historia! ¡Cómo me gustaría que pudiéramos hablar! Estoy segura que tienes un montón de cosas que contarme. Sería estupendo que los animales pudieseis hablar como las personas.

Al oír todo aquello, Ana reprendió a su hermana:

- ¡Alicia! En lugar de soñar con tantas fantasías sería mejor que escucharas la lección de historia que te estoy leyendo.

Pero en ese mismo momento, Alicia vio pasar a un conejo blanco con chaleco que tenía mucha prisa y que iba mirando su reloj de bolsillo. Sin pensarlo dos veces, Alicia empezó a correr tras él. Cuando el conejo blanco se metió en el hueco de un árbol, Alicia le siguió y de repente cayó al vacío.

- ¡Socorro! ¡Auxilio! – gritaba Alicia cuando cayó sobre el suelo del fondo del árbol - ¡Ay, qué golpe! – se quejaba, cuando vio al conejo cerca - ¡Allí está el conejo blanco!

Se levantó rápidamente para no perder la pista del conejo. Delante suyo tenía un pasillo y una puerta muy pequeña, por donde acababa de desaparecer el conejo.

- Bueno, no sé dónde estoy, pero debo seguir adelante. Todavía oigo la voz del conejo blanco.

En efecto, aquel conejo hablaba detrás de la puerta y Alicia podía oír cómo se alejaba de allí.

- ¡No puedo esperar más! ¡Llego tarde! ¡Llego tarde! – decía el conejo blanco.

- No creo que yo pueda pasar por esta minúscula puerta, pero miraré por la cerradura para averiguar hacia dónde va el conejo – pensaba Alicia.

Pero cuando se acercó a la cerradura para mirar a través de ella, ésta empezó a hablar:

- Es muy bonito lo que hay al otro lado. ¿Te gustaría entrar, verdad? Pero eres demasiado alta para pasar. No te preocupes, tómate el líquido de aquella botella a ver qué ocurre.

Alicia se acercó a una mesa y vio la botella que había encima. Por curiosidad bebió el líquido de la botella, que llevaba una etiqueta que decía "¡BÉBEME!". Al instante, el tamaño de Alicia se redujo muchísimo. Ahora ya podría pasar por la pequeña puerta.

Al atravesar la puerta, Alicia vio un pequeño pueblecito y en una de las casas, al conejo blanco, asomado al balcón.

- ¡Ahí está el conejito! ¡Uy, si parece que me está llamando!

- ¡Vaya, ya era hora de que llegaras! ¡Ve a buscarme los guantes! ¡Vamos! ¿A qué esperas?

- Obedeceré, aunque sin duda me ha confundido con su criada – pensó Alicia – Será mejor que le siga la corriente. ¿Dónde tendrá los guantes?

Rebuscando por la habitación, Alicia encontró unas galletas. Y claro, como era tan curiosa y tenía hambre, se comió una. Justo cuando tragó el primer bocado, la casita se fue quedando pequeña. Alicia no paraba de crecer y crecer. El conejo blanco, al ver aparecer un pie de Alicia por la escalera, se llevó un susto terrible, pero Alicia no podía hacer nada por evitarlo.

- ¡Es terrible! ¿Es qué no voy a poder probar bocado sin que me suceda una cosa extraña? Probaré una de las zanahorias del huerto del conejo, a ver si recupero mi tamaño real.

Al alcanzar la zanahoria y morderla, Alicia dejó de crecer y volvió a ser muy pequeña.

- Está visto que no tengo término medio. O soy tan grande como un gigante o tan pequeña como una hormiguita. En fin, aprovecharé mi minúsculo tamaño para pasear por este jardín lleno de hermosas flores.

En efecto, las flores eran preciosas, pero lo que Alicia ignoraba era que también podían hablar o lo que es peor criticar.

- ¿Qué clase de flor eres tú que tienes esos pétalos tan raros? ¿Eres una mala hierba?

- ¡Oh, no! Yo no soy ninguna mala hierba. Soy una niña – contestó Alicia.

Pero la vanidosa flor no quiso escucharla y la salpicó con el agua que tenía sobre sus hojas. Ante tal falta de educación por parte de la flor, Alicia decidió marcharse de allí.

Siguió paseando sola hasta que una mariposa salió a su encuentro y le dijo:

- No sé muy bien qué eres, pero me has caído bien. Te daré un consejo: coge dos trocitos de esa seta que ves allí. Si comes el del lado derecho crecerás y crecerás y si comes el del lado izquierdo podrás empequeñecer.

Alicia así lo hizo y siguió caminando hasta llegar a un hermoso claro en medio del bosque. Allí se estaba celebrando una fiesta. Uno de los asistentes, que llevaba un gran sombrero de copa con colores vistosos, la invitó a tomar una taza de chocolate.

- ¡Acércate niña! Estamos celebrando nuestro no cumpleaños. Todos tenemos un cumpleaños y trescientos sesenta y cuatro no cumpleaños y nosotros celebramos estos que son más ¡Jejeje!

- Entonces... ¡Hoy también es mi no cumpleaños! ¡Qué ilusión! – dijo contenta Alicia.

Lo que no le hizo tanta ilusión a Alicia fue el pastel sorpresa que le regalaron. El pastel era de broma y explotó es su cara, manchándola de chocolate y nata.

- ¡Muy gracioso! – gritó enfadada Alicia – Debí habérmelo imaginado. Hoy me han pasado tantas cosas raras.

Y antes de que la regaran con té salió corriendo de allí. Al cabo de un rato se encontró con un extraño gato que sonreía y tenía la facultad de aparecer y desaparecer.

- ¡Hola niña! Soy el gato de los deseos. Sé que estás buscando al conejo blanco. Pues acaba de pasar ahora mismo gritando como un loco: "¡Es tardísimo! ¡Es tardísimo! ¡La Reina se enfadará!" – le explicaba el gato a Alicia – Así pues, lo mejor es que sigas este camino de laberintos y encuentres a la Reina. Quizás ella sabe el camino de regreso a tu casa.

Alicia siguió el consejo del gato sonriente. El laberinto conducía al castillo de la Reina, que a juzgar por su aspecto, tenía muy mal genio.

- ¿Quién eres tú? – preguntó la Reina con cara de pocos amigos - ¡Vamos, rápido! ¡Preséntate ante tu Reina! Y di siempre "Sí, Majestad".

- Sí, Majestad – obedeció Alicia – Me llamo Alicia. Soy una niña que se ha perdido en este país. He crecido y he empequeñecido sin parar. Iba persiguiendo a ese conejo blanco que os acompaña, pero sólo deseo encontrar el camino de regreso a casa. ¡Ayudadme a encontrar mi camino!

- ¿Tú camino? ¿Cómo te atreves? Todos los caminos son mis caminos aquí. ¿No sabes que soy la reina de este territorio? ¡Nada es tuyo aquí! ¿Entiendes? – le gritaba la Reina a Alicia – Hasta ese conejo blanco me pertenece. Tú también me perteneces, niña.

- ¿Yo? ¡Qué tontería! Creo que lo mejor será desaparecer lo antes posible y no hacer caso a esta reina gruñona.

La Reina al oír el comentario de Alicia se enfadó mucho:

- ¡Detenedla! ¡Guardias! ¡Guardias! Me ha llamado gruñona y debo castigarla. ¡Vamos detenedla! Haremos un juicio.

Pero Alicia no quiso esperar ni un minuto más. Mordió uno de los trocitos mágicos de la seta que llevaba en el bolsillo y se hizo grande, muy grande. Ninguno de los soldados de la Reina la podía alcanzar. Cuando el efecto fue desapareciendo, se comió el otro trozo y se hizo tan pequeña, tan pequeña que pudo esconderse fácilmente.

De pronto, Alicia tuvo la sensación de ser tragada por un enorme torbellino.

- ¡Oh! ¡Estoy cayendo a una gran velocidad! ¡Socorro! ¡Auxilio! ¡No puedo dejar de girar!

- ¡Alicia! ¡Alicia! ¡Vamos, despierta! - escuchaba Alicia a lo lejos.

Era su hermana Ana quien la llamaba. A la niña le costó bastante salir de aquello sueño. Por fin entendió que había regresado a la realidad.

- Ha sido un sueño tan maravilloso y tan extraño. Estaba en un país donde los animales iban vestidos como personas y hablaban y tenían una reina muy mal educada y...

- ¡Alicia! ¿Es qué no puedes dejar de fantasear? Eres incapaz de prestar atención a los libros que no sean cuentos de hadas y cosas semejantes.

Y así fue como acabó la aventura de Alicia. Las dos hermanas se encaminaron hacia su casa, pero Alicia nunca olvidó al conejo blanco y su visita al País de las Maravillas.

FIN

LA CENICIENTA
Charles Perrault

Pues, señor, esto era un hermoso país en el que había un matrimonio muy feliz porque acababan de tener una hija preciosa. Pero esta felicidad no duró demasiado. Siendo aún muy pequeña, la tristeza invadió por completo su hogar al morir la madre. El padre trató de sobreponerse prodigando toda clase de cuidados a su hijita.

Fueron pasando los años y lo único que preocupaba al padre es que la pequeña creciese sin conocer el amor de una madre. Y esto fue precisamente lo que le impulsó a contraer nuevo matrimonio. Se casó con una viuda, madre de dos hijas de la misma edad que la suya.

Pasaron más años y también murió el padre de la niña. Y su madrastra empezó a demostrar una gran antipatía por la pobre huérfana, quien pronto se vio transformada en la sirvienta de su hogar. Con tanto trabajo como la daban, no tenía tiempo de arreglarse, ni de lavarse, siquiera, por eso siempre iba manchada con la ceniza de la lumbre. Y de ahí que la llamaran Cenicienta.

- ¡Cenicienta, arregla las camas!

- ¡Cenicienta, barre nuestra habitación!
- ¡Vamos, vamos, que también tienes que dar de comer a las gallinas!
- ¡Y a los cerdos!
- ¡Date prisa, no seas holgazana!

¡Pobre Cenicienta! Todo el trabajo era para ella. Y como era tan buena y dulce procuraba complacerles en todo.

Un día, un suceso inesperado inundó de alegría y agitación a todo el reino. El príncipe iba a dar una gran fiesta en su palacio y ordenaba que se presentasen a ella todas las jóvenes del reino, ya que entre ellas había de elegir a la que sería su esposa, convirtiéndola en princesa.

¡Qué trajín en casa de Cenicienta! Sus dos hermanastras, que se creían muy hermosas, estaban dispuestas a ser ellas las elegidas por el príncipe.

- Cenicienta, cóseme estas lentejuelas en mi vestido de terciopelo negro.
- Antes cóseme a mí el mío, que para eso soy la mayor.
- Pero, entonces, yo no voy a tener tiempo de vestirme para ir a la fiesta.
- Pero, ¿cómo quieres ir tú? ¡Si no tienes nada que ponerte! ¿Acaso quieres hacer quedar en ridículo? Además, tienes que dejar bien limpia toda la casa. Así que ya puedes preparar los vestidos de las niñas. Y si hace falta, los terminarás durante la noche.

Al día siguiente, la madrastra y sus dos hijas, luciendo todas sus galas, llenas de lazos y afeites, se dirigieron hacia el palacio del príncipe. Cenicienta quedó sola y llena de tristeza. Pero en ese momento...

- ¡Cenicienta!

- ¡Oh! ¿Quién sois?

- Cenicienta, soy tu hada madrina, que desde el país de las hadas he venido para consolar tu aflicción. Deseo que seas feliz y tengas todo cuanto por tu bondad te mereces. Por la crueldad de tu madrastra y de sus ridículas hijas me he visto obligada a intervenir. ¿De verdad deseas ir al baile del príncipe?

- Sí, madrina. Pero no tengo nada que ponerme y es demasiado tarde.

- Vamos a ver cómo podemos arreglarlo.

El hada pasó su varita, salpicando de estrellitas el andrajoso vestido que llevaba Cenicienta. Al instante, quedó convertido en un deslumbrante vestido de baile.

- ¡Ooooh!

- Veamos qué podría servirnos. ¡Ah! ¡Una calabaza!

Y al instante, la calabaza se convirtió en una hermosa carroza. Y los seis ratones que miraban atónitos todas aquellas maravillas, con otro toque, se convirtieron en seis enjaezados y relucientes corceles. Y el gato se volvió cochero y el perro se transformó en un apuesto lacayo.

- Toma también estos zapatos de cristal. Pero te daré un consejo. Mira, que todo cuanto te he dado solo podrás usarlo hasta medianoche. Cuando sean las 12 todo volverá a ser como antes. Solo estos zapatos te quedarán como recuerdo. Ahora vete al palacio y disfruta de esta noche.

Así, Cenicienta empezó a vivir el más hermoso sueño de su vida. Entretanto, en palacio se celebraba la fiesta. Los salones estaban adornados con sus más hermosas galas. El palacio se encontraba lleno de jóvenes muchachas que suspiraban por una mirada del príncipe. Pero el príncipe se hallaba tremendamente aburrido.

Más cuando vio entrar en el salón a Cenicienta, tan hermosa, quedó al instante prendado de ella y la pidió que le concediese un baile. Y Cenicienta bailó y bailó y bailó muchas veces con el príncipe. No se separó de ella en toda la noche, causando la envidia, la curiosidad y el malhumor de todas las asistentes.

Nadie sabía quién podía ser, ni siquiera su madrastra y sus hijas reconocieron en aquella joven tan bella, tan elegante y tan delicada a Cenicienta. Ella y el príncipe pasaron la noche más hermosa de sus vidas.

De pronto, en lo alto de una torre, el reloj comenzó a dar las 12 campanadas. Cenicienta recordó lo que le había dicho el hada, y separándose del príncipe, corrió y corrió escaleras abajo.

- ¡Espera, no te vayas! ¡Espera, por favor! Ni siquiera sé tu nombre.

Corriendo por las escaleras, Cenicienta perdió uno de sus zapatitos de cristal.

A la mañana siguiente, todo el reino sabía que el príncipe quería casarse con la bella desconocida. Y para encontrarla, mandó a uno de sus ministros casa por casa probando a todas las jóvenes del reino el pequeño zapato de cristal. Aquella que pudiese calzar tan pequeño zapato sería la elegida del príncipe.

- Vamos, vamos, niñas, arreglaros bien, que el embajador está al llegar.

- Cenicienta, quédate en la cocina y no te muevas de allí.

- El embajador.

- El embajador.

- Pruébemelo a mí primero.

- ¿Me permitís vuestro pie?
- ¡Apretad, apretad, que ya falta poco! ¡Ayyy!
- Me temo que sobra pie por todos sitios. A ver vos.
- ¡Uyyyy!
- Perdonad por haberos dejado los dos dedos fuera, pero no cabían más. Señora, ¿no tenéis otra doncella en la casa?
- Solo tengo estas dos hijas.
- Sí, porque Cenicienta...
- ¡Calla!
- ¿Acaso hay alguien más? Sabéis que el príncipe ha ordenado que se le pruebe a todas las doncellas sin excepción. ¿Acaso queréis contravenir las órdenes del príncipe?
- ¡Uh, no, no! ¡Claro que no! Ahora mismo viene. ¡Cenicienta, Cenicienta!
- Decidme, ¿qué deseáis?
- El señor embajador está empeñado en que tú también te pruebes el zapato.

Cenicienta se sentó, recogiéndose graciosamente los andrajos de su falda, dejando asomar su pie diminuto y bien formado.

- Tomad mi pie.
- Se ajusta perfectamente. ¡Es ella!
- Sí, y tengo el otro también.
- ¡Imposible! ¡No puede ser!

El ministro hizo escoltar a Cenicienta hasta el palacio. El príncipe la tomó de las manos y dijo:

- ¿Por qué te habías ocultado? ¿No ves que ya no puedo vivir sin vos?
- Cuando dieron las 12 sentí tanto miedo... temía que me vierais así.
- ¿Creíste que iba a importarme? Bueno, no pensemos más en ello. Ahora estáis aquí y no volveremos a separarnos. ¿Querrás casarte conmigo?
- Claro que sí. Yo siempre estuve enamorada de vos, pero vos sois el príncipe. Ahora todo esto es como un sueño.

Y así Cenicienta se casó con el príncipe convirtiéndose en princesa. Y fueron muy felices y comieron perdices. Y a nosotros nos dieron con un plato en las narices.

FIN

LA LECHERA
Félix María Samaniego

Érase una vez una niña llamada María. Vivía en una hermosa granja al pie de las montañas. La granja era de sus padres que, aunque no eran ricos, tenían algunas vacas. La vida en la granja transcurría tranquila. No había prisas y el tiempo pasaba dulcemente, claro que esto no significaba que no hubiera trabajo.

- María, hoy tendrías que acercarte a la granja vecina. Me gustaría saber si nos pueden vender algo nuevo – le ordenó su madre.

- Y de paso, María, le preguntas al granjero si piensa ir este domingo al mercado del pueblo – le dijo su padre.

- Así lo haré padres. Vuelvo enseguida – contestó María.

La niña estaba acostumbrada a ser obediente. Nunca se quejaba porque sabía ver ventajas en todo. Así se lo habían enseñado sus padres. Además, no había cosa que le gustara más que ir a la granja vecina.

- ¡Qué bien! Podré saludar a mi amigo Pablo, hace casi dos días que no le veo y tengo ganas de jugar con él. Quizás podremos ir esta tarde al río, a pasear, a jugar...

Y pensando estas cosas María se entretenía camino de la granja vecina.

Una mañana, su madre la despertó con un recado importante que hacer.

- ¡María! ¡María! ¡Despierta! Hoy vas a ir tú al mercado. Ya es hora de que conozcas por ti misma todos los puestos. Te vas a llevar este cántaro lleno de leche fresca y con el dinero que saques de vender la leche, puedes comprarte lo que quieras.

- ¿De verdad? ¡Qué ilusión madre! – contestó loca de contenta María.

Era la primera vez que iba sola al mercado y para ella era toda una aventura. Para colmo con el dinero de la venta de la leche, podría comprarse, podría comprarse...

- Me gustaría tener una cinta roja para el pelo o un vestido nuevo. Pero qué tontería, es mucho mejor que me compre algo que me dé un mayor provecho. Mmmmm... vamos a ver... tendría que comprarme... una gallina, eso es... ¡Una gallina!

Mientras andaba pensando en sus cosas, María se cruzó con su padre que le dijo:

- ¿A dónde vas tan contenta, hija mía?

- Voy al mercado padre. Mamá me ha encargado vender la leche de este cántaro – contestó María muy sonriente.

- ¡Vaya! ¡Así que ya eres mayorcita! De todas formas, ten cuidado porque si vas distraída se te puede derramar la leche.

- No sufras padre, iré con mucho cuidado – le dijo María pensando en llegar al mercado.

Y María siguió su camino. Cuando entró en el bosque se encontró con sus amigos los conejos, con los que muchas veces jugaba, y les explicó dónde iba:

- ¡Buenos días, queridos conejos! Seguro que no sabéis a donde voy. Pues al pueblo a vender la leche de esta jarra. ¿Y sabéis lo qué voy a hacer con el dinero que me den? No me lo voy a gastar en tonterías. Lo he estado pensando muy bien y he decidido comprarme una gallina. Veréis, si me compro una gallina, ésta me dará pollitos y con los pollitos podré comprarme un cerdo, el cerdo, claro, también me dará crías y cuando las venda podré comprarme un hermoso ternero. Y vosotros... ¿qué haríais con un ternero? Pues hacerle crecer y que tenga terneritos, entonces venderé unos cuantos y tendré tanto dinero que pondré una granja para mi sola y hasta una casita con jardín. ¿Veis lo lista que soy?

En verdad lo es, pensaron los conejos. Pero ellos habían visto pasar por allí a tantas niñas con jarras de leche que no tenían claro que todo fuera tan fácil.

María siguió su camino y más tarde se encontró con un pastor:

- ¡Buenos días pastor!

- ¡Hola niña! – le contestó el pastor mientras vigilaba su rebaño.

- Hoy es mi primer día como lechera. Me voy al pueblo a vender este cántaro – le empezó a explicar María al pastor - Con el dinero que me den me compraré una gallina, la gallina me dará polluelos y venderé los polluelos para comprarme un cerdo, que también me dará crías, y cuando las venda podré comprarme.... – y le contó al pastor todos sus planes.

El pastor escuchó atentamente a la niña y le dio un consejo:

- Todo eso está muy bien, niña, pero no quieras correr tanto. Más vale tomarse las cosas sin prisas. Si quieres conseguir una granja la tendrás, pero hay que ser prudente y trabajar mucho y no dejarse engañar con el primer dinero que se gana.

- ¡Yo no voy deprisa, pastor! Ya verás que pronto consigo lo que quiero – le contestó un poco enfadada María - ¡Adiós pastor!

María siguió caminando por al bosque. A todos los animalitos que encontraba les explicaba sus planes, de manera que, en un momento, el bosque entero conocía sus proyectos.

Al llegar al río llamó al barquero para que la ayudara a cruzar y volvió a repetir la misma historia:

- Gracias por venir, barquero. Sólo me quedas tú para explicarle mi idea. Mira, escucha, ahora voy al mercado a vender la leche de este cántaro y con el dinero que me den me compraré una gallina y esta gallina tendrá crías, y luego venderé las crías...

La lecherita le explicó todo de cabo a rabo. El barquero no salía de su asombro de que aquella niña pudiese ser tan lista. Así llegó la niña a la otra orilla y siguió caminando hacia el pueblo mientras pensaba en su fantástico plan:

- ¡Qué feliz que soy! A todo el mundo que le he explicado mis planes le ha parecido que soy muy lista. Que alegría se llevaran mis padres cuando les enseñe mi nueva granja. Seguro que se imaginan que me voy a gastar el dinero en chucherías...

Tan distraída iba María con sus pensamientos, que no vio una enorme piedra en medio del camino y... ¡ZAS! tropezó y cayó al suelo. El cántaro se rompió en mil pedazos

- ¡Oooooooohhhh! – gritó María - ¡Se ha desparramado toda la leche! – dijo entre sollozos - ¡Adiós sueños! ¡Adiós mi granja!

La niña inició el camino de regreso a casa pensando en todo lo que había pasado. Iba triste y cabizbaja. Su amigo Pablo apareció a medio camino y cuando la vio así se preocupó mucho:

- ¿Por qué estás tan triste y seria María? ¡Ah! ¡Ya veo! ¡Qué lástima! Se te ha roto el cántaro de la leche.

- ¡Oh, Pablo! No sabes cuántos planes tenía – decía María mientras las lágrimas caían sobre sus mejillas - Con el dinero quería comprarme una gallina y la gallina me daría crías, y con las crías me iba a comprar un cerdo y luego como el cerdo también tendría crías...

Pablo la interrumpió y le dijo:

- ¡Cuántas fantasías María! Debes aprender a ser feliz con lo que tienes, porque a veces los castillos en el aire desaparecen así, de repente. ¿Quieres venir a jugar conmigo?

Pablo consoló a María y pasaron el resto del día correteando por el bosque. Para María no había llegado todavía el momento de hacer negocios. Era aún una niña. Y ya lo dicen los refranes. “Tiempo al tiempo”.

FIN

GULLIVER EN LILIPUT
Jonathan Swift

Hace muchos años el nombre de Gulliver era tan famoso como el de los más importantes reyes. Todo el mundo conocía al intrépido Gulliver, ya que era un gran aventurero y además un buen marino.

Pues bien, sucedió que nuestro protagonista se embarcó en un magnífico velero para recorrer mares lejanos. Una noche, estando Gulliver en la cubierta del barco, se desencadenó una enorme tormenta. Sólo Gulliver tuvo tiempo de advertir el gran peligro:

- ¡Atención marineros! ¡Mantened el rumbo! – gritaba Gulliver mientras se agarraba al mástil y la lluvia y el viento le pegaban fuertemente en la cara – ¡Rápido, toda la tripulación debe prepararse para abandonar el barco!¡Cuidado, cae la vela mayor!

Todos sus esfuerzos fueron en vano. El barco no pudo mantenerse a flote. Gulliver fue arrastrado por una gran ola y cayó al mar. Por fin, cuando ya estaba amaneciendo, el viento y la marea lo arrastraron hacia una isla.

- ¡Tierra! – exclamó contento Gulliver – Parecía casi imposible. ¡Dios mio! ¿Qué habrá sido del resto de tripulantes?

A pesar de hallarse completamente agotado, Gulliver decidió internarse en la isla. El paisaje estaba formado por árboles exóticos y una hierba frondosa, pero fue incapaz de encontrar a otra persona. Cuando sintió que las fuerzas le abandonaban, Gulliver se tumbó en el suelo y se quedó dormido.

Pasaron muchas horas hasta que Gulliver entreabrió los ojos...

- ¡Oh! No se cuánto tiempo debo haber dormido, ni siquiera sé en qué isla me encuentro. Debería investigar cómo conseguir algo de comida, pero... ¿Qué es esto? – se preguntó Gulliver antes de levantarse del suelo.

Acababa de descubrir a un hombrecito de menos de un palmo de estatura que se hallaba de pie sobre su pecho y le miraba atentamente.

- ¡No! ¡No es posible! Este hombre minúsculo no puede ser real. Volveré a cerrar y abrir los ojos y seguro que se desvanece como en un sueño.

Pero no sólo no desapareció aquel hombrecillo, sino que Gulliver se vio rodeado de montones y montones de pequeños seres. Sobre un hombro tenía un diminuto soldado que se dirigió a él:

- ¡Prisionero, no intentes hacer ningún movimiento extraño! En estos momentos estás atado de manos y pies con varias estacas clavadas en el suelo. Hasta que decidamos qué hacer contigo, permanecerás quieto y callado.

Gulliver pasó de la sorpresa al enfado. De un fuerte tirón se soltó un brazo y liberó sus cabellos de las finísimas cuerdas que los mantenían sujetos a las estacas clavadas en el suelo.

- ¡Alarma soldados! ¡Rápido, el gigante quiere escapar! ¡Tensad los arcos y disparad las flechas! ¡Ahora! – gritó el soldado cuando vio que Gulliver se intentaba escapar de ellos.

Una lluvia de minúsculas flechas cayó sobre Gulliver y tuvo que protegerse la cara con el brazo que tenía libre. Aquellas pequeñas flechas se le clavaban como alfileres.

- ¿Podéis estaros quietos? ¡Alto, no disparéis ni una sola flecha más! – les pedía a gritos Gulliver – No tengo intención de haceros daño. Sólo tengo hambre y sed.

- ¡Alto el fuego! – ordenó el pequeño soldado – Como prisionero oficial debe estar bien alimentado, pero no olvidéis tomar precauciones.

Al poco rato, una larga hilera de hombres diminutos subía por escaleras apoyadas en los costados de Gulliver. Todos iban cargados con cestos repletos de comida y toneles llenos de agua.

- ¡Gracias amigos! Sois muy amables. Al fin habéis entendido que vengo en son de paz – le decía Gulliver contento a los pequeños hombrecillos.

Pero por orden del rey de la isla y de sus consejeros, se había ordenado echar somnífero en el agua. Así que al cabo de un rato, Gulliver se quedó profundamente dormido. Tan dormido estaba que sus ronquidos se oían por toda la isla.

- ¡Ahora es el momento soldados! Hay que aprovechar que el gigante está durmiendo. Venga, entre todos tenemos que poner al gigante sobre esta plataforma y llevarlo hasta el rey.

Centenares de pequeños carpinteros habían construido la enorme plataforma con ruedas donde estaba Gulliver. Centenares de caballos tiraban de ella, camino del centro de la isla. Cuando llegaron ante el rey, éste se mostró amigable pero prudente.

- Querido pueblo, tenemos ante nosotros un milagro de la naturaleza. Este gigante ha venido del mar y nosotros debemos acogerle para aprovechar su fuerza y su ingenio. Hoy mismo se le construirá una cama adecuada a su tamaño y se le confeccionaran ropas en consonancia a la moda de nuestro país.

Así que cuando Gulliver se despertó, se vio rodeado de gentes diminutas que trabajaban para él. Pasaban los días, y Gulliver vivía tranquilo, pero sin poder ser completamente libre.

Un día decidió ir a hablar con el rey, con quien había trabado una curiosa amistad.

- Majestad, habéis podido comprobar mi buena disposición hacia vos y vuestros súbditos. Os he ayudado a construir edificios, caminos y túneles y vos a cambio me habéis proporcionado cobijo. ¿Por qué entonces no me concedéis la libertad?

Y el rey, después de pensarlo detenidamente, le respondió:

- Tu petición es justa y la atenderé si me ayudas una vez más. Hace muchos años que nuestro país, Liliput, está en guerra con una isla vecina llamada Blefuscu. El motivo de nuestro enfrentamiento te parecerá, quizás, un poco extraño.

- ¿Cuál es el motivo de esa enemistad, majestad? – preguntó muy intrigado Gulliver.

El rey suspiró y se dispuso a explicarle todo:

- En nuestro reino, Liliput, sólo se cascan los huevos por la parte más estrecha porque, cuando yo era un niño, un día me corté un dedo cascando un huevo por la parte ancha. Desde entonces, las guerras entre los liliputienses y nuestros vecinos los blefusquianos han sido constantes, porque en Blefuscu se continúan cascando los huevos a la manera tradicional.

Gulliver no podía creer lo que acababa de explicar el rey:

- ¡Ja, ja, ja! Permitidme, majestad, que me ría, pero me parece que vuestra guerra tiene fácil arreglo.

Decidido a ayudar a los liliputienses, Gulliver cruzó caminado el canal que separaba a las dos islas. Al llegar a Blefuscu, esquivó las diminutas flechas que le enviaban como recibimiento y consiguió atar todos los barcos, que ya tenían preparados para ir a invadir Liliput. Después pidió hablar con el rey de Blefuscu.

Cuando tuvo al rey ante él le dijo:

- Majestad, vengo de Liliput para proponer la paz. Tantos años de guerra os han hecho olvidar que el motivo de vuestra disputa es la forma de comer huevos.

- Tenéis razón, hombre montaña – contestó el rey de Blefuscu – Hemos sido unos tontos cabezotas. Disponer inmediatamente una reunión con mi vecino, el rey de Liliput.

De esta manera logró Gulliver que los reyes de Liliput y de Blefuscu firmaran la paz y que dejaran libertad a sus súbditos para que cada uno cascara el huevo por la parte que creyera más conveniente. En agradecimiento, los dos reinos unieron sus fuerzas para construir una nueva barca para Gulliver.

Por fin, una mañana, Gulliver se despidió de los Liliputienses y de los Blefusquianos y se hizo a la mar.

- ¡Adios amigos! Venid a visitarme a mi querida tierra cuando queráis. Confío que sabréis vivir en paz para siempre.

Y así ocurrió, en Lilipy y Blefuscu vivieron felices por muchos años.

Gulliver encontró muy pronto un barco que lo rescató. Cuando contó la extraordinaria aventura que había vivido en Liliput, el capitán y la tripulación le escucharon llenos de estupefacción. Sin embargo, esta es sólo una de las muchas aventuras de nuestro amigo Gulliver.

FIN

EL GATO CON BOTAS
Charles Perrault

En el centro de una gran llanura, donde sólo se divisaban lejanísimas las montañas los días muy claros, vivía un molinero con sus tres hijos. No tenía otros bienes que el viejo molino, que les proporcionaba a todos el sustento, un asno, con más mataduras en el cuerpo que dientes en la boca y un gato, tan avispado que les libraba de todos los ratones que hubiesen mermado su ya, bastante escaso, patrimonio.

El viejo molinero, viendo que se acercaba la hora de su muerte, reunió a sus tres hijos entorno al camastro que le servía de lecho y les habló:

– Hijos míos, pronto dejaré de estar con vosotros. No tengo mucho que dejaros, pero quisiera que este poco lo repartierais de acuerdo con mi última voluntad.

– Será como tú digas, padre. Hasta ahora te hemos obedecido en todo. Si tú faltaras, haremos las partes como tú dispongas. Yo me conformaré con lo que me toque, por poco que sea – dijo uno de sus hijos.

– Escucha, pues, a ti, Juan, mi primogénito, te corresponderá el molino. Procura no dejar desamparados a tus hermanos. Que nunca te ciegue el orgullo de haber sido favorecido con la mejor parte.

– Así lo haré, padre.

– Para ti, Pedro, el segundo, será el asno, que no es gran cosa, pero piensa que muchas grandes fortunas se han labrado partiendo de mucho menos.

– Poca cosa es un asno y menos todavía si es viejo, desdentado y lleno de achaques como el nuestro. Pero prometo, padre, respetar siempre tu voluntad.

– Y tú, José, mi hijo menor, te tendrás que conformar con lo que queda: el gato.

No supo qué contestar el hermano menor. Ciertamente, un gato le pareció poco más que nada, pero como buen hijo se hizo el propósito de respetar los deseos de su padre.

No tardó en morir el viejo molinero y sus tres hijos hicieron partes de acuerdo con lo que él había ordenado.

José, el hermano menor, se halló un buen día, lejos ya de su casa, sentado en una piedra al borde de un camino, reflexionando sobre su escasa herencia.

– Un gato, esa es toda mi fortuna. ¿De qué me servirá? Si hubiese sido un conejo, me lo hubiese podido comer. Aunque, bien mirado, si el hambre aprieta, no tendré más remedio que comerme el gato.

– ¡Oh, no, mi señor! – dijo rápidamente el gato al oír que se lo quería comer - Si sigues mis consejos, no tendrás necesidad de llegar a ese extremo.

– ¿Consejos? ¿Has dicho consejos? – preguntó extrañado José.

– ¿Te extraña? ¿No sabes que hasta del ser más insignificante en apariencia puedes sacar provecho? Yo te enseñaré, mi amo, si me lo permites, a sacarlo de las cosas más pequeñas y despreciables. De ese talego que tú tienes, por ejemplo.

– Este talego no es tan despreciable como tú dices. Está viejo y remendado y no me darían nada por él, pero contiene todo cuánto tengo.

– No me hace falta su contenido – le dijo el gato - Sólo te pido que me prestes el talego vacío y que le añadas un puñado de grano.

– No pides mucho, gato. Si sólo es eso... ¡Aquí lo tienes!

– Otra cosa necesito, mi amo – pidió el gato – Tú tienes dos pares de botas, dame uno de ellos que, para el trabajo que he de emprender por entre la maleza y los zarzales, me harán falta.

– Aquí tienes también las botas. Pero no me pidas más – le contestó José sin saber que iba a hacer el gato con todo aquello.

– Con esto basta, mi señor.

El gato se calzó las botas, se echó el talego al hombro y se adentró en el bosque. Colocó una parte del grano en el saco, le añadió romero, hierbabuena, tomillo y mejorana, todas las hierbas aromáticas que halló a su paso y lo dejó al lado de un matorral. Él se escondió detrás. Al rato, apareció una hermosa liebre. Husmeó de dónde podían salir aquellos olores que su fino olfato percibía y vio el talego. Exhaló sus aromas y penetró en él. El gato cerró el talego y ató su boca con una cuerda. Cargó con la liebre y se dirigió al palacio del rey.

Con sus artes de persuasión, consiguió que el monarca le concediera audiencia. Cuando le introdujeron en el salón del trono, saludó con una gran reverencia.

– Majestad, en nombre de mi señor, el marqués de Carabás, te ofrezco este presente.

– ¡Mmmm! ¡Hermosa liebre! – dijo el rey – Tu amo, el marqués, ha acertado mi gusto. Ordenaré a mi cocinero mayor que la prepare. Dile a tu señor que agradezco su obsequio y manifiéstale mi real beneplácito.

Al día siguiente, con sus mañas y la ayuda del talego, cazó unas perdices que presentó al rey.

– Majestad, de nuevo me envía el marqués de Carabás para que te ofrezca su vasallaje.

– ¡Ah! ¡Ricas perdices! ¡Ja, ja, ja! – rió satisfecho el rey - ¿Sabes? Me estoy relamiendo de gusto. Sin duda, el marqués de Carabás está bien informado de mis preferencias. No hay nada como la caza para satisfacer mi real apetito. Dile a tu amo que me complacerá mucho conocerle.

Durante una semana, el gato siguió cazando y obsequiando al rey con las piezas que cobraba, en nombre del marqués de Carabás. Cada vez era mayor el interés del monarca en conocer a tan dadivoso personaje, pero siempre encontraba el gato una excusa para justificar su demora en presentarse a la corte.

Mientras tanto, lejos de palacio, José, el hijo del molinero, se lamentaba de su suerte:

– ¡Ay de mí! No sólo me ha correspondido la menor parte de la herencia sino que mi único patrimonio, el gato, me ha abandonado también. No tengo amigos y el único que creí tener, me ha abandonado. ¿En quién puedo confiar ahora?

– Mi amo, no desesperes – dijo el gato apareciendo de pronto.

– ¿Eh? – se sorprendió José.

– Aquí me tienes.

– ¿Eres tú? ¿Dónde estuviste? – preguntaba José sorprendido e intrigado.

– No podemos perder tiempo, mi señor. Hay que actuar con rapidez. Quítate ese traje miserable y échate al río – le ordenó rápidamente el gato.

– ¿Eh? ... Pero... – balbuceaba José.

– Más tarde sabrás por qué te lo pido.

El hijo del molinero halló un acento tan convincente en la voz del gato que, sin preguntar más, se despojó de todas sus ropas y se tiró al agua.

Por el camino se aproximaba la regia comitiva. El gato se apresuró a esconder las ropas de su amo debajo de una gran piedra. Ya estaba cerca la guardia que formaba la escolta del rey y escondido tras un árbol, el gato observaba. Cuando vio pasar la carroza real empezó a gritar:

– ¡Auxilio! ¡Socorro! ¡Han robado a mi amo, el marqués de Carabás! ¡Socorro! ¡Auxilio!

El rey hizo detener el cortejo y llamó al gato.

– Majestad, mientras mi amo se estaba bañando, han llegado unos ladrones y se han llevado sus ropas – mintió el gato.

– Bien, no te preocupes. Eso va a tener pronta solución. Ordenaré a mi sastre mayor que traiga al punto uno de mis mejores trajes. No es digno de menos tu ilustre señor, el marqués de Carabás.

El mensajero que envío a palacio no tardó en volver. Al poco rato, José, el hijo menor del molinero, se vio convertido por los cuidados del gato, en un distinguido gentilhombre.

Mientras, el gato se adelantó a la comitiva. El rey, que se hallaba acompañado de su hija, la princesa, hizo subir a su carroza al flamante caballero.

– Majestad, alteza, a vuestros pies – saludó José con una reverencia.

– Marqués, mucho me ha hablado de ti mi padre el rey – le dijo la princesa.

– ¿De mí? – se extrañó el hijo del molinero.

– Sí, aunque no te conocía, sabía de ti por tu servidor.

– ¿Mi servidor? – preguntó el chico que no sabía de qué le estaba hablando la princesa.

– Sí, el gato – explicó el rey – El que me ha estado enviando, en tu nombre, las más hermosas piezas de caza que jamás había visto.

– Has tenido a mi augusto padre muy enojado porque, a pesar de los deseos de conocerte y que repetidamente formuló... – empezó a decir la princesa.

– No prodigues tus reproches al marqués, hija. Seguramente sus múltiples ocupaciones no le habrán permitido presentarse en palacio.

– ¿No te parece, padre mío, que podríamos condenar su despego obligándole a que sea nuestro huésped durante unos días? – preguntó la princesa a su padre, el rey.

– ¡Mmmm! Has tenido muy buena idea.

El desconcertado joven no comprendía nada de lo que estaba ocurriendo. La princesa, que había empezado a mirarle con buenos ojos, tomó su silencio por reflexiva discreción y el rey creyó que su mutismo era consecuencia de su modestia.

Con la seguridad en sí mismo que le daba su lujoso traje, el hijo del molinero, poco a poco, fue perdiendo su timidez y se ganó la benevolencia del rey y las sonrisas y miradas tiernas de la princesa. Al llegar a palacio, fue hospedado en una de las mejores cámaras y rodeado de cuidados y atenciones.

Mientras tanto, el gato, que sabía de la existencia de un ogro dueño de inmensas posesiones y señor de un gran castillo, se las ingenió para ser recibido por él.

– ¿Qué deseas de mí? – preguntó enfadado el ogro porque aquel gato había osado molestarle.

– Señor ogro, me han hablado muy elogiosamente de ti. Me han dicho que tienes el extraordinario poder de convertirte en cualquier animal.

– No te han engañado. Para demostrártelo, voy a convertirme en un león. ¡Fíjate! – dijo el ogro mientras se convertía en un gigante y fiero león - ¡Grrrrr!

– ¡Oh, señor! ¡Qué espanto! Vuelve a tu estado normal, por favor.

– ¡Je, je, je! ¿Qué te ha parecido? – le dijo el ogro contento de su transformación.

– Veo que es cierto lo que cuentan. Pero debe de ser más difícil que te transformes en un animal más pacífico: un asno, por ejemplo. – le pidió el gato.

– ¿Más difícil? ¡Ja, ja, ja! ¡Ahora verás! – dijo el ogro mientras rebuznaba - ¡Buuuuuuz! ¡Buuuuuuz!

– ¡De maravilla tu poder! Aunque lo que debe de ser imposible es que te conviertas en un ratón – siguió pidiendo el gato.

– ¡Ja, ja, ja! Para mí no hay nada imposible, gato. Te lo voy a demostrar.

– ¡Miau! ¡Miau! Has caído en la trampa. ¡Ja, ja, ja! – rió satisfecho el gato.

En el momento en que vio el ogro transformado en ratón, el gato le echó la zarpa encima y se lo comió sin darle tiempo a rechistar. Bajó entonces a las mazmorras del castillo y liberó a unos presos que el ogro tenía encerrados, pero con la condición de que se presentaran al rey en calidad de vasallos del marqués de Carabás. Así lo hicieron las agradecidas gentes, que fueron lanzando vítores a su libertador.

– ¡Viva el marqués de Carabás! ¡Viva! – gritaban los recién liberados presos que ya actuaban como súbditos del marqués.

Impresionado el rey por la admiración y el respeto que gozaba su huésped, y dándose cuenta de que su hija, la princesa, se había enamorado de él, se la concedió en matrimonio. El ingenioso gato fue distinguido, por una real orden, con el título de Barón de las Grandes Liebres y nombrado para el cargo de Gran Chambelán de las Cortes.

FIN

LA RATITA PRESUMIDA
Charles Perrault

Érase una vez una ratita tan presumida que se pasaba los días contemplándose al espejo y peinando su cabeza y su colita traviesa. Pero no sólo era aseada consigo misma, sino que tenía su casita limpia como un espejo.

La Ratita dijo: "¡Uy! aquí hay una motita de polvo. Hay que barrer otra vez. Si pudiera comprarme a plazos un aspirador ratonil tendría la casita más limpia, pero no gano para esos gastos".

Desde que se levantaba hasta que se acostaba la Ratita barría su casa. A veces discutía con sus vecinas: "¡Eh! ¡Señora Rata Gorda! No riegue tanto sus plantitas del balcón que el agua salpica mi ventana. ¡Más que regar ahoga las plantas con agua! Ya podría tener más cuidado. ¡Uy, qué barbaridad!"

Una mañana, después de comer su ración de queso, se puso a barrer la escalera y se encontró con una moneda de oro. Al principio no supo lo que era aquello.

- ¡Uy! ¡Un redondel dorado! ¿Qué debe de ser esto?

La Ratita lo cogió con sus patitas y lo acercó a la luz que entraba por el ventanal para examinarlo de cerca.

- Parece una moneda. ¡Es una moneda! ¡Y de oro! ¡Soy rica! Cuidado, si alguien me oye podría venir un ratón ladrón y llevársela. Si la guardo debajo de una baldosa puede extraviarse y no hay cajas de ahorro para ratitas ahorrativas...Mmmmmmmmm.... Tengo que gastarla como sea. Veamos en qué puedo gastármela....

La Ratita mordisqueó la punta de su rabito mientras pensaba...

- Podría ir al supermercado ratonil y comprar cositas... ¡Queso en conserva! Mmmmmm.... me iba a poner de queso... ¡No¡ ¡no!, tanto queso se me indigestaría y luego tendría que llamar a la rata doctora para que me recetara una purga. No, no, nada de queso. Desquesada. También podría comprar una bolsita de avellanas. Con lo que me gustan a mí las avellanas. Sí, pero... ¿y los dientecitos qué?, desdentada y hablando como una ratita anciana. No, no, nada de avellanas.

La Ratita estaba muy preocupada. No sabía qué hacer con su monedita de oro.

- La de preocupaciones que trae el tener dinero – pensó -. Vamos a ver...

Pero como era muy presumida se miró al espejo y se dijo:

- ¡Uy! ¡Hay que ver que bien me sentó la cura de adelgazamiento que seguí! Estoy de moda. Soy un Ratita modernísima. Parezco una maniquí. Podría gastarme ese dinerín con ropas para vestir. Vamos a la casa de modas. Madame Ratón tiene unos modelitos preciosos. La locura para las ratitas presumidas como yo.

Así, la Ratita fue a visitar a Madame Ratón y empezó a probarse muchas cosas, pero ninguna le gustaba. Un vestido le apretaba de la sisa. El otro le parecía de colores muy chillones. El de más allá poco extremado. Hasta que sus ojillos vivarachos tropezaron con un lazo de colores con lunares.

- ¡Ooh! ¡Esto es lo que voy a comprarme! Un lacito para mi rabito que está muy descuidado.

Madame Ratón le hizo el lazo y se lo probó. La Ratita se miró varias veces en el espejo y se sintió satisfecha por la adquisición.

- Me lo llevaré puesto - dijo.

En efecto, levantando la colita para que el lazo no tocara el suelo y se manchara, la Ratita salió de la tienda.

Al llegar a su casa se lo contó a todas las vecinas y por si alguna no se había enterado que tenía un lacito nuevo se pasó la mañana en el balcón moviendo su rabito para que todos los que pasaran por allí pudieran verlo. Y en esto pasó un sapo y dijo:

- Croac, croac. ¡Vaya ratita más simpática! Croac. Me gustaría casarme con ella. ¡Eh, ratita! Croac. ¿Quieres casarte conmigo?

La Ratita le contestó: - No se, depende. ¿Me vas a tratar bien? ¿Qué me contarás?

- Croac. Muchas cosas. Croac, croac, croac, croac...

- ¡Uy! ¡qué ruido! - dijo la Ratita. - No podría dormir con tanto croac, croac... Además serías capaz de hacerme dormir en el baño y acabaría reumática. No, no, no me interesas como marido.

- Croac, ¡presumida! Croac, croac...

El Sapo se fue croando en voz baja muy enfadado y casi tropezó con un Buey que se acercaba paciendo.

El Buey dijo: - Muuuuuuuuu, muuuuuuuuuuu.... Caramba, caramba, caramba... vaya Ratita más guapa y precisamente acabo de enviudar...muuuuuuuuu ¡eh, Ratita! ... ¿cómo estás? ¿Te gustaría casarte conmigo?

Y la Ratita le contestó: - No se. Hay que hablarlo. Eres muy grandote, pero... ¿me tratarías bien? ¿Qué cosas me contarías?

Y el buey dijo: Muuuuuuuuuu, te contaría muuuuuuuuuuuchas cosas, muuuuuuuuuchos cuentos. Muuuuuuuuuuuuu, muuuuuuuuuuuuu...

- ¡Uy, qué ruido! – dijo la Ratita. - ¿Quién iba a poder dormir con tanto muuuuuuu? No, no, no me interesas como marido.

- Muuuuuuuuuchas calabazas, muuuuuuuuuuuuuu muuuuuuuuuuuuuuu

Y el Buey con el rabo entre piernas, disgustado y furioso se alejó hacia su corral.

A la mañana siguiente la Ratita volvió a asomarse al balcón para seguir exhibiendo el lacito de su rabito, que no se lo quitaba ni para ir a la cama. Y así estaba barriendo el balcón, porque no había abandonado su costumbre de tenerlo todo limpio, cuando acertó a pasar por la calle un pajarito.

- Pio, pio, pio... Como me gustaría poder hablar con esta ratita tan presumida. ¡Ehh ratita!... Hola.

- Hola.

- Sé que estás muy sola ¿te sirvo como marido? Todos los días te traería mosquitos que comer. Son riquísimos.

- No sé, no sé. Me harías muchas cosquillas con las alas ¿qué cosas me contarías?

- Muchas. Te daría unos conciertos de pio, pio, estupendos... Escucha, escucha...

Y el Pajarito empezó a silbar.

- ¡Uy! con tanto pío pío se me llenaría la casa de amigotes tuyos y quedaría toda llena de plumitas y el trabajo que tendría luego para limpiarlo todo. No, no me interesas como marido.

El pájaro se alejó con las alas caídas muy mustio y se puso a picotear a un gusanito que asomaba la cabeza por un agujero del suelo.

Poco después pasó por allí un cordero que al ver a la Ratita sintió deseos de casarse con ella.

- Beeee beeeeee beeeeeeee. Hola ¿quieres casarte conmigo? Beeeeeeee

- Bueno, todo depende. Eres muy grandote, pero en invierno a tu lado no pasaré frió si aprovecho tu lana ¿Qué me vas a contar?

- Beeeeeeee. He recorrido los campos y se muchas historias y muchos cuentos Beeee. Te contaré alguna.

Érase una veeeeeeeez beeeeeeeeeee beeeeeeeeeee beeeeeeeee...

- ¡Madre mía!, - dijo la Ratita. - No me entero de nada de lo que dice. No, no, no me interesas como marido.

Y la Ratita cerró la ventana en las mismas narices del Cordero.

- ¡Estaría bueno que me casara con un Cordero!

Pero ya hacia el atardecer del día, cuando el sol se había ido a descansar y la luna estaba lavándose la cara para asomarse por entre las nubes, paso por debajo de la ventana de la casa de la Ratita, un gato simpático y vivales que al verla se sintió atraído por ella.

El Gato dijo: - ¡Ooh!, ¡ooh! ¡Eso sí que es una ratita simpática! Hola, miauuuu

-¡Uy! ¡Qué gato más elegante! – contestó la Ratita. - ¡Qué piel más suave! Parece que vaya vestido de etiqueta. Buenas noches, gato

- Buenas Noches. Me han hablado mucho de tu lacito.

- ¡Uy! todo el mundo habla de mi hoy. Estoy de moda.

- Bueno, ¿quieres casarte conmigo? Miauuuu

- Bueno, no se ¿Qué me contarás esta noche?

Y el Gato dijio: - Te cantaré canciones muy divertidas. Así... miauuuuuuuuuu miauuuuuuuuu.

- ¡Oohh! ¡qué voz tan suave!, dijo la Ratita

Y el Gato seguía: - Miauuuuuuu miauuuuuuuuu

- ¡Cómo canta este gatito!, pensó la Ratita.

Y és seguía: - Miauuuuuuuuuuuu Miauuuuuuuuuuuuuuuuu

La Ratita exclamó: - ¡Sí, sí, contigo sí quiero casarme!

Aquella misma noche la Ratita se vistió de novia y el Gato se puso un chaqué para ir a su boda. Y después de despedir a los invitados, cuando los dos quedaron solos, la Ratita le dijo:

- Bueno, ahora me cantarás como prometiste.

Y el Gato contestó: - Claro que te cantaré. Acércate. Pienso cantarte al oído.

Y cuando la Ratita se acercó el Gato le dio un mordisco y como le gustó, en dos mordiscos más se la comió. Y cuentan las historias que a partir de aquel día, a los gatos, que jamás habían comido ratitas, les gustó tanto que empezaron a perseguirlas y de ahí que las ratitas, en cuanto ven un gato, salgan huyendo.

FIN

PULGARCITO
Charles Perrault

Hace mucho tiempo vivía en el bosque una familia muy pobre: el padre, la madre y siete niños. El más pequeño de los siete se llamaba Pulgarcito.

- No sé qué vamos a hacer. La comida se acaba, el invierno se acerca y apenas nos queda dinero para comprar algunas provisiones.

- ¡No debes apenarte, papá! Mis hermanitos y yo saldremos a buscar leña para venderla, como otras veces.

- Pero hace mucho frío, hijo.

- No importa. Cuando trabaja uno, no se da cuenta de ello.

- Bueno, pero si tenéis que alejaros mucho, ¿cómo encontraréis el camino después?

- Tengo un truco, cuando no conozca el camino dejaré caer piedrecitas blancas para a la vuelta seguirlas y llegar a casa. No te preocupes, papá. Verás cuánta leña traemos esta vez.

- Está bien, Pulgarcito. Eres el más pequeño, pero el más listo. Ten mucho cuidado, hijo mío. Y sobre todo, cuida de tus hermanitos.

Durante varios días, el truco de Pulgarcito dio un resultado perfecto. Pero un día, al niño se le olvidó coger piedrecitas blancas y decidió sustituirlas por miguitas de pan que cogió de su casa para comerlo por el camino. Casi sin darse cuenta, los siete hermanitos se alejaron más que nunca.

- Se está haciendo de noche, Pulgarcito.
- Tenemos que regresar a casa.
- Nunca habíamos llegado tan lejos. Tal vez nos hayamos perdido.
- No os preocupéis, hermanitos. Aunque se haga oscuro y estemos lejos, nunca podremos perdernos.
- ¿Por qué, por qué?
- Sí, ¿por qué?
- Di.
- ¿Por qué?
- Porque siempre que nos alejamos de casa voy sembrando el camino de piedrecitas blancas, para poder volver después por el camino que hemos traído.
- Pues, yo no veo ninguna piedrecita blanca.
- Ni yo.
- Ni yo tampoco.
- Ni yo.

- Que no os preocupéis, hermanitos, porque esta vez se me terminaron las piedras, pero es igual, porque en vez de con piedras blancas, sembré el camino con miguitas de pan.

- Pues yo no veo ninguna miguita de pan.

- Ni yo tampoco.

- Ni yo.

- Dios mío, es verdad. ¿Cómo es posible, si... si yo las fui dejando caer?

- Pues ahora no están.

- Alguien se las habrá comido.

- Claro, los pajaritos.

Y así fue como los siete niños se vieron perdidos en la parte más desconocida del bosque, mientras la noche se cernía sobre ellos.

- Está muy oscuro.

- No se ve nada.

- Tengo miedo, Pulgarcito.

- No tenéis que asustaros. ¡Mirad! Allí en el fondo se ven unas luces y debe ser una casa. Allí nos darán hospitalidad por esta noche y mañana nos indicarán el camino para regresar. ¡Seguidme, hermanitos!

- ¡Qué casa más extraña, Pulgarcito! Las paredes son muy negras.

- Y no se oye nada.

- ¿No estará deshabitada?

- ¡Claro que no! Si hay luces encendidas es que alguien vive en ella. ¡Llamemos!

- Pero niños, ¿os habéis vuelto locos? ¿Cómo se os ocurre llamar a esta puerta?

- Nos hemos perdido.

- Tenemos miedo.

- Y hambre.

- Y frío.

- Sí. Y como vimos luces.

- Pero ¿no sabéis que esta es la casa del Ogro Come Niños?

- ¿Cómo íbamos a saberlo?

- No lo sabíamos.

- Si lo llegamos a saber, no hubiéramos venido.

- Pero como ya estamos aquí...

- Está bien. ¡Pasar, pasar! Yo procuraré que el ogro no se despierte. Os daré de cenar, dormiréis en el pajar y mañana temprano os marcharéis.

Pero el Ogro Come Niños, que era muy glotón, ya había despertado con el barullo. Y antes de que los siete hermanitos pudieran escapar, los atrapó entre sus manos.

- ¡Ja, ja, ja, ja! ¡Qué exquisito manjar! Tres para comer, tres para cenar y este más pequeño para desayunar.

- ¡Ay!

- ¡Qué miedo!

- ¡No tengáis miedo, no tengáis miedo!

- ¡Cuídalos, buena mujer, cuídalos! ¡Y dalos bien de comer! Porque no es que estén muy gordos que digamos. ¡Je, je, je! Pero de todas formas ya sabes cómo me gustan los huesos.

- ¡Uyyy!

- Mañana me comeré a los siete.

- ¡Uy, a los siete!

- Y ahora... ahora me voy a dormir. Seguro que tendré felices sueños. ¡Ja, ja, ja, ja!

¡Qué dramática situación la de Pulgarcito y sus seis hermanos! Pero cuando más tristes estaban, la mujer del ogro, que no era mala, abrió la puerta y les dijo:

- ¡Vamos, vamos! ¡Marcharos de aquí antes de que sea tarde! Y no hagáis ruido al salir porque estaríais perdidos.

- Gracias.

- Gracias.

- Muchas gracias.

- Muchas gracias, buena mujer.

Hay que ver cómo se puso el Ogro Come Niños al saber que los siete hermanitos habían huido.

- ¡Vamos, deprisa, mujer! ¡Mis botas de siete leguas! Esos niños no podrán escapar.

Y es que el ogro tenía la suerte de poseer unas mágicas botas, que cada paso que daba siete leguas avanzaba.

Poco tiempo después, el ogro, sintiéndose cansado de su rápida persecución, decidió dormir un poco. Y mientras se aposentó bajo la sombra de un árbol enorme, Pulgarcito y sus hermanos, que ya lo habían pensado, decidieron actuar.

- No tenemos salvación.
- Por mucho que corramos, con esas botas mágicas nos alcanzará.
- Entonces a los siete nos comerá.
- Sí. Nos cogerá.
- El ogro nada de eso hará. Escuchadme, hermanitos, y obedecedme en lo que os voy a decir: vosotros seis seguiréis el camino ahora mismo. Del Ogro Come Niños me encargo yo.
- Eso no es justo, Pulgarcito.
- Si todos nos quedamos, seremos siete contra el ogro. Cuantos más seamos, mejor.
- No seáis tontos, hermanitos.
- Pero...
- Contra ese monstruoso ogro no podemos luchar. La única solución es quitarle, mientras duerme, sus botas de siete leguas para que no nos pueda seguir. Vosotros, marchaos y dejadme a mí.

Mientras sus seis hermanitos huían, Pulgarcito se acercó al lugar donde el ogro dormía. Y con gran sigilo, logró quitarle las botas. Imaginaos la reacción del Ogro Come Niños cuando despertó.

- ¡Esos malditos niños se han llevado mis botas! Sin mis botas de siete leguas me han convertido en un ogro corriente y vulgar. Y ahora tendré que ser vegetariano. ¡Qué mala suerte la mía!

¡Qué gran sorpresa la que Pulgarcito se llevó cuando se dio cuenta de que las famosas botas de siete leguas disminuían de tamaño y se adaptaban perfectamente a sus pequeños pies. Así logró Pulgarcito alcanzar a sus hermanos. Y todos juntos llegaron a casa, donde contaron su gran aventura.

- Hijos míos.

- Ya hemos llegado.

- Hijos, grandes peligros habéis pasado, pero doy gracias a Dios a que por Pulgarcito os hayáis salvado una vez más. Pulgarcito ha sido un valiente.

- Pulgarcito fue un valiente.

- Ni tan siquiera le tuvo miedo al Ogro Come Niños.

- Y hasta le quitó sus botas de siete leguas.

- Sí, sí, papá.

- Esa fue mi gran suerte, papá. Y sabedlo también vosotros, hermanitos. Que en esta casa nunca jamás nadie pasará hambre y sabremos por fin qué es la felicidad.

Así fue como Pulgarcito se presentó ante el rey. Y gracias a sus botas de siete leguas, consiguió el cargo de cartero real. De esta forma, ganó tanto dinero que ni a sus padres ni a sus hermanitos jamás les faltó de nada.

Gracias a Pulgarcito, la pequeña casa del bosque se convirtió en la más feliz del lugar. Nunca más tuvieron que salir a buscar leña. Y durante muchos años todos fueron tan felices como el más feliz de los hombres.

Por eso, en aquel país se recuerda siempre este nombre: Pulgarcito.

FIN

CAPERUCITA ROJA
Hermanos Grimm

Existió, no hace mucho tiempo, una niña muy guapa y muy buena que vivía con su mamá en una casita situada muy cerca del bosque. Su abuelita, que la quería mucho, le había regalada una preciosa caperuza de terciopelo rojo. La niña siempre la llevaba puesta y por eso en aquellos lugares le llamaban Caperucita Roja.

- ¡Caperucita! – la llamó su madre.

- Sí, mamá.

- ¿Te gustaría visitar a la abuelita?

- Sí, mamá. ¡Mucho! Sí – contestó contenta Caperucita.

- Entonces, irás a verla enseguida y le llevarás esta cestita con una botella de zumo, un pastel y una jarrita de miel.

- ¡Ay, qué contenta se va a poner!

- Caperucita, ya sabes que no se encuentra muy bien. No te olvides preguntarle si necesita algo más.

- No te preocupes mamá. Yo le preguntaré. – dijo Caperucita.

- No te detengas en el bosque y regresa cuanto antes – le ordenó su madre.

- Así lo haré, no te preocupes mamá. ¡Adiós! – y Caperucita se fue cantando - La la la la....

La dulce Caperucita inició el viaje hacia la casa de su abuelita que se encontraba en el mismo centro del bosque. Lo que la niña ignoraba es que un feroz lobo rondaba muy cerca de allí y que como tenía muy buena vista ya había divisado a la niña y se disponía a salir a su encuentro.

Cuando Caperucita menos lo esperaba, surgiendo detrás de un árbol, el lobo se plantó ante ella y le dijo:

- ¡Buenos días, Caperucita!

- ¡Buenos días, señor lobo! Porque... ¿Usted es un lobo, verdad? – contestó Caperucita.

- ¡Jo, jo, jo! ¡Eres muy lista, querida niña! Lo has adivinado. Pero, dime... ¿acaso vas paseando tu solita por el bosque?

- Sí. Voy a ver a mi abuelita, que no se encuentra muy bien. – dijo Caperucita.

- Ahhh... ¿y qué llevas en la cestita? – preguntó el lobo.

- Una botella de zumo, un pastel y una jarrita de miel.

- ¡Uuuuuuhhhhhh! Muy contenta se ha de poner tu abuelita, querida Caperucita – le dijo el lobo.

- Sí, seguro. Ahora me voy señor lobo. Tengo mucha prisa.

- Bueno, bueno, bueno, no te entretengo más. Pero, Caperucita... ¿no te gusta jugar?

- ¿Jugar? ¡Mucho! ¡Mucho! ¡De verdad! – contestó Caperucita muy contenta.

- ¿Y tanta prisa tienes? Espera un momento que lo que voy a decirte te va a gustar.

- ¿Qué es señor lobo? – preguntó Caperucita muy intrigada.

- Te propongo una carrera. Veamos quien consigue llegar antes a casa de tu abuelita.

- ¡Sí! ¡Sí! ¡Qué divertido! – se entusiasmó Caperucita - ¿Y cómo lo vamos a hacer?

- Muy sencillo, querida niña. Mira, tú irás por este camino y yo por aquel otro. Cuando acabe la carrera, veremos quien ha llegado antes y sabremos quién de los dos corre más.

- ¡Ay qué bien! ¡Qué bien! – decía Caperucita mientras aplaudía muy contenta - ¡Adiós, señor lobo! Yo ya empiezo a correr.

- ¡Adiós, Caperucita! – se despidió el lobo sonriente.

Y mientras veía como Caperucita se alejaba por el camino que él le había indicado, el lobo pensaba:

- ¡Ja, Ja, Ja! Lo que tú no sabes es que hay un sendero que acorta mucho el camino y que conozco solo yo... ¡Ja, Ja, Ja, Ja!

Inútil decir que el lobo llegó a casa de la abuelita mucho antes que la inocente Caperucita...

- ¡Toc, toc, toc! – picó el lobo en la puerta de la abuelita.

- ¿Quién es? – contestó la abuelita desde la cama.

- Soy yo, Caperucita – le mintió el lobo poniendo voz de niña para poder engañar a la abuelita.

- ¡Ay! ¡Qué alegría! Pero no me hagas levantar. Abre tu misma el pestillo. La puerta no está cerrada con llave.

El lobo abrió la puerta y entró directo a la habitación de la abuelita mientras gruñía:

- ¡Grrrrrrrrrrrrrrrrrrr!

- ¡Ay Dios Mío! ¡Dios Mío! ¡Ay! ¡Qué horror! ¡Qué horror! – gritaba atemorizada la abuelita.

A pesar de su enfermedad, la abuelita consiguió escapar del ataque del lobo y logró esconderse dentro de un gran armario.

- ¡Vaya con la abuela! ¡Abre, abre! ¡No podrás escapar! – le gritaba el lobo a la abuelita, mientras veía a Caperucita que se acercaba a la casa.

Sin pensarlo un momento, el lobo se puso un camisón de la abuelita y se metió en su cama. En ese momento Caperucita picó a la puerta:

- Toc, toc, toc...

- ¿Quién es? – contestó el lobo poniendo la voz de la abuelita.

- Soy yo, Caperucita.

- Abre tu misma el pestillo. La puerta no está cerrada.

Caperucita entró muy contenta en casa de la abuelita y pasó a la habitación:

- ¡Buenos días, abuelita! De parte de mi mamá te traigo esta cestita, con una botella de zumo, un pastel y una jarra de miel.

- Muchas gracias, hijita – dijo el lobo.

- ¡Oh!.. pero... ¡abuelita!... ¡Qué orejas tan grandes tienes! – se asombró Caperucita al ver las grandes orejas del lobo.

- Son para oírte mejor – mintió el lobo.

- ¡Abuelita, abuelita! ¡Qué manos! ¡Qué manazas tan enormes tienes!

- Hijita, son para poder acariciarte mejor.

- Y los dientes... ¡Abuelita...! ¡Uy! ¡Qué dientes tan largos tienes! – exclamó Caperucita.

- ¡Son para comerte mejor! ¡AAAAArggggggggg! – gritaba el lobo mientras corría detrás de Caperucita por toda la habitación.

- ¡Socorro! ¡Socorro! – chillaba Caperucita.

Pero Caperucita Roja era muy lista y cuando más apurada era su situación hizo tropezar al lobo con uno de sus pies. El lobo cayó de bruces y se dio un gran golpe contra la pared. Corriendo Caperucita se escondió en el mismo armario donde ya estaba la abuelita.

El lobo en ese momento pudo levantarse del suelo:

- ¡Ay! ¡Qué golpe! ¡Qué golpe! – se quejaba - ¡Caperucita, con qué placer te devoraré! Ahora destrozaré la puerta de este armario. ¡No, no podréis escapar! ¡Os devoraré a las dos! ¡Grrrrrrrr!

No muy lejos de aquel lugar una partida de cazadores a caballo hizo detener sus corceles.

- Es la segunda vez que se oyen esos terribles rugidos. Yo creo que debe tratarse de un lobo – dijo uno de los cazadores llamado Juan.

- Y juraría que provienen de aquella cabaña en el centro del bosque – contestó el tro cazador - ¡Vamos!

- ¡Vamos a verlo!

La llegada de aquellos cazadores fue providencial, pues ya en aquellos momentos el lobo feroz estaba a punto de conseguir sus propósitos y romper la puerta del armario.

Cuando el lobo vio a los cazadores que llegaban a casa de la abuelita tuvo que salir corriendo si quería salvar su vida:

- ¡Lo que me faltaba! Ahora sí que tendré que darme una buena carrera. Pero volveré, volveré…

- ¡Mirad, mirad! – gritaba Juan el cazador - ¡El lobo! ¡El lobo huye por allí! ¡Vamos a perseguirlo! ¡Vamos!

Gracias a los valientes cazadores, el lobo no volvió nunca más. La abuelita, a causa del susto recibido, sanó repentinamente y Caperucita Roja ya no tuvo ningún peligro que afrontar en sus paseos por el bosque.

Y así termina esta historia. Si alguien piensa que nunca ocurrió os digo que es cierta y verdadera. Con ella se demuestra que el mal nunca termina bien. Por eso es tan importante la historia de aquella niña a quien todos llamaban Caperucita Roja.

FIN

HANSEL Y GRETEL
Hermanos Grimm

En el borde de un bosque inmenso vivían dos hermanos, un niño y una niña, que se llamaban Hänsel y Gretel. Su madre había muerto y el padre se había vuelto a casar con otra mujer, pero la madrastra de los niños no los quería nada.

La familia era tan pobre que llegó un día en que sólo les quedaba un mendrugo de pan para comer. Era tanta el hambre que tenían que, al anochecer, los dos hermanitos daban vueltas en sus camas sin poder dormir. Por eso, oyeron a la madrastra discutir con su padre.

- ¿Sabes una cosa, esposo mío? – decía la madrastra – Ya no nos queda nada para comer. Mañana muy temprano llevaremos a los niños al bosque, les daremos un mendruguillo de pan que tenemos todavía, los dejaremos allí solos y después nos iremos a trabajar. No podrán encontrar el camino de vuelta y así nos habremos librado de ellos.

- Pero mujer, yo no puedo abandonar a mis hijos en el bosque – contestó muy apenado el padre.

- ¡No seas necio! ¿No ves que moriremos los cuatro de hambre? Se hará como yo digo – sentenció la madrastra.

Al oír estas terribles palabras, la pequeña Gretel empezó a llorar desesperada:

- ¡Oh Hänsel! Estamos perdidos.

- Tranquila Gretel, no te entristezcas, ya verás como podremos salir del aprieto.

Cuando los mayores se durmieron, Hänsel se levantó y salió de la casa sigilosamente. La luna brillaba y en el suelo resplandecían las piedras, de un color blanco y plata. Hänsel tuvo una idea y recogió tantas piedrecitas como pudo y regresó a la cama.

Al romper el día, cuando todavía no había salido el sol, entró la madrastra y despertó a los dos niños:

- ¡Arriba holgazanes! Vamos a ir al bosque a por leña. Aquí tenéis dos mendruguillos de pan para el almuerzo, pero no os los comáis antes, pues es todo lo que hay.

Gretel puso el pan en su delantal, ya que Hänsel llevaba los bolsillos llenos de piedrecitas. Luego tomaron el camino del bosque. Caminaron y caminaron, alejándose cada vez más de la casa y sin que se dieran cuenta su padre y la madrastra, Hänsel iba arrojando al suelo las piedras que llevaba en sus bolsillos.

- Bueno, niños, vuestro padre y yo nos vamos a cortar leña por aquí cerca – les dijo la madrastra – Vosotros podéis reunir ramas secas y haceros un fuego. En cuanto hayamos acabado, volveremos y os recogeremos.

Después de decirles esto desapareció llevándose consigo al padre, que se fue muy triste.

Las horas iban pasando y poco a poco llegó la noche.

- Hänsel, si nadie viene a buscarnos ¿cómo vamos a salir del bosque? – preguntó Gretel muy preocupada por su situación, ya que estaban solos en el bosque, había anochecido y empezaba a hacer frío.

- Espera un poquito Gretel, hasta que haya salido la luna. Ya verás como un resplandor iluminará las piedras blancas que he dejado caer en el camino. Mientras tanto, podemos comernos el pan que nos queda.

Y así fue. Hänsel y Gretel estuvieron andando toda la noche, siguiendo el rastro de las piedras. Al amanecer, llegaron a su casa y llamaron a la puerta.

Abrió la puerta la madrastra y sorprendida al verlos, intentó disimular:

- ¡Pero qué malos sois! ¿Por qué os habéis quedado tanto tiempo durmiendo en el bosque? Creíamos que ya no queríais regresar a casa.

El padre se alegró mucho de regreso de sus hijos, pero aquella misma noche Hänsel y Gretel escucharon de nuevo las palabras de la madrastra:

- Ahora sí que estamos en la miseria más absoluta. Los niños han de irse si queremos sobrevivir. Mañana los llevaremos al lugar más profundo del bosque para que no puedan encontrar la salida.

Hänsel decidió repetir su plan, pero sucedió que la madrastra había cerrado la puerta con llave y Hänsel no pudo salir a recoger piedrecitas blancas.

Pasó la noche y a la mañana siguiente, partieron todos hacia el bosque.

- Mira Gretel, no te preocupes. Esta vez, en lugar de piedras, dejaré caer miguitas del mendrugo de pan que nos han dado. Ellas nos mostrarán el camino de vuelta a casa.

Pero una vez se quedaron solos en el bosque y se hizo de noche intentaron encontrar las migas de pan que habían dejado por el camino, pero no encontraron ni una.

- ¡Oh Hänsel! Creo que se las han comido los pájaros del bosque. ¡Ahora sí que estamos perdidos!

- Tranquila Gretel, ya encontraremos el camino. Vamos a intentarlo, dame la mano y sígueme.

Pero los niños no encontraron el camino de regreso. Y pasó un día, y otro día, y los pobres hermanos sólo se alimentaban de unos pocos frutos del bosque. Hasta que al tercer día...

- ¡Mira Hänsel! ¡Una casita! – gritó Gretel muy contenta – Pero qué extraña es...

- Sí, Gretel ¡Es fantástico! Es una casa hecha de pan y azúcar. ¡Oh, las paredes están cubiertas de pasteles!

- ¡Hummmmm! ¡Vaya banquete! Prueba esta ventana, es dulce como la miel – decía Gretel mientras llenaba su boca con trocitos de la ventana.

Entonces, de pronto, se abrió la puerta de la casa y salió, arrastrándose, una vieja vestida de negro y casi ciega.

- ¡Uy, mis niños queridos! No os asustéis – les dijo la vieja al ver las caras de miedo de los niños - ¿Cómo habéis llegado hasta aquí? Entrad, entrad sin cuidado y quedaros conmigo. Ahora mismo os preparo leche, bollos y pastelillos con azúcar. Luego os podéis acostar en estas preciosas camitas con ropa blanca y limpia.

Hänsel y Gretel creyeron que estaban en la gloria, pero al día siguiente, la vieja, que se había mostrado tan amistosa y amable, resultó ser una bruja mala. Esta bruja había construido la casita dulce con la intención de atrapar niños para comérselos.

La bruja engañó a Hänsel y lo encerró en un pequeño establo. Luego fue a buscar a Gretel y le gritó:

- ¡Levántate holgazana! Ve a por agua y cocina algo bueno para tu hermano. Ahora que lo tengo bien encerrado, engordará y engordará y entonces....¡jejeje!..me lo comeré.

Cada mañana, la vieja bruja se deslizaba hasta el establo y le decía a Hänsel:

- Saca un dedo Hänsel, que quiero ver cuánto has engordado.

Pero Hänsel engañaba a la vieja bruja y en lugar de sacar el dedo, le sacaba siempre un huesecillo de pollo y la bruja, como estaba medio ciega, creía que era el dedo del niño.

- ¡No es posible! Han pasado cuatro semanas y este niño no engorda – gritaba enfadada la vieja bruja – Pues me da igual, flaco o gordo me lo voy a comer. ¡Gretel ven aquí! Vamos a encender el horno.

Gretel empezó a llorar desconsoladamente, no sabía qué hacer.

En un momento de distracción de la bruja, la empujó dentro del horno y allí la dejó encarrada. Gretel salió corriendo hacia el establo y liberó a Hänsel, pero antes de marcharse de allí, los dos hermanos se llevaron algunas de las joyas que la vieja bruja había acumulado en su casa. Sin perder más tiempo, empezaron a correr hacia el bosque.

Fue tal su suerte que...

- ¡Mira Gretel! Aquel leñador parece....

- ¡Papá, papá somos nosotros! – gritaba contenta la niña.

- ¡Hijos mios! Creía que nunca más volvería a veros – les decía su padre mientras los abrazaba con lágrimas de alegría en los ojos – Vuestra madrastra ha muerto y no ha pasado un solo día en que yo no os haya buscado por el bosque.

- No te preocupes más, papá – le consoló Hänsel – Con esta joyas, que hemos cogido de la casita de la vieja bruja, podremos vivir tranquilos para siempre. A partir de este momento seremos muy felices y nunca más nos separaremos.

FIN

LOS MUSICOS DE BREMA
Hermanos Grimm

Había una vez un burro que durante muchos años había servido a su dueño transportando sin parar sacos y más sacos de trigo al molino. Naturalmente, con el paso del tiempo empezaron a faltarle las fuerzas. De manera que cada vez resultaba menos útil para el trabajo de carga que hasta entonces había llevado a cabo. Tan poco llegó a servir, que el molinero pensó en deshacerse de él. El burro se dio cuenta de que lo iba a pasar mal y, como a pesar de sus muchos años quería seguir viviendo, se escapó de la cuadra encaminándose hacia la ciudad de Brema, en Alemania. A nuestro amigo le gustaba mucho la música y pensó que tal vez en una gran ciudad encontraría trabajo como músico municipal. Hacía ya rato que andaba con paso cansino, cuando, a un lado del camino, encontró un perro echado y jadeante, como fatigado por una larga carrera.

- Se diría que estás cansado amigo...- le dijo el Burro.

El Perro le contestó: - Y tú también lo estarías si hubieses corrido como yo, huyendo de un amo que quiere matarte.

- ¡Matarte! ¿y por qué? Pareces un buen perro.

- Y lo soy, pero también viejo. Por eso estoy más débil cada día que pasa y ya no sirvo para cazar. Mi amo ha querido matarme y escapé a tiempo. Lo malo es que no se de qué voy a vivir ahora.

- ¡No te apures! – le animó el Burro. - ¡Vente conmigo! Voy a Brema a ver si puedo encontrar trabajo como músico de la ciudad. Tú puedes ser también de la banda. Yo tocaré el bombo y tú golpearas los timbales. No es difícil.

Al Perro le pareció bueno el consejo y se fue con el Burro. Así, iban los dos hacía rato por el camino cuando se encontraron con un gato de aspecto famélico.

El Burro dijo: - ¡Hola minino! Pareces apurado ¿te pasa algo?

- *Miaaaaaaaauu*. ¡Claro que estoy apurado! Han querido matarme porque me vuelvo viejo y me gusta estar junto al fuego en vez de ir corriendo en pos de los ratones.

El burro y el perro se miraron comprensivamente.

El Gato continuó su explicación: - Mi amo ha tratado de ahogarme. Suerte que pude escaparme de sus manos. El apuro es que no sé dónde meterme ahora.

¡Baahhhhhhhh, no te preocupes! – dijo el Burro. - Yo te proporcionaré trabajo.

- ¿Tuuuuuuuuuuuuuuuuuu? – preguntó el Gato.

- Sí, desde este momento te hago miembro de la banda de músicos que estoy formando. ¡Servirás de mucho! Eres maestro en música nocturna.

Al Gato le gustó la idea y se sumó a los otros dos animales.

Prometiéndoselas muy felices, iban los tres andando muy pausadamente y así llegaron a la entrada de una gran finca campestre. Allí en lo alto del portal oyeron a un gallo que cantaba sin cesar con todas sus fuerzas. El burro agitó molesto las orejas y rebuznó.

- ¡Bueno, hombre, bueno! ¡Calla, ya! ¡Que tus cantos son capaces de dejar sordo a cualquiera!

El Gallo le contestó: - Más te lamentarías tú si te pasara lo que a mí me ocurre.

- ¿Qué te pasa?- preguntó el Burro.

Y el Gallo contestó: - Mi obligación es anunciar cada día la salida del sol y lo vengo haciendo desde que pude alzar la voz, pero el ama, porque mañana domingo tiene invitados a comer, ha dicho a la criada que esta noche me corten el cuello y enseguida me guisen. Por eso grito ahora con todas las fuerzas, ya que aún puedo hacerlo...

- ¡Tonto serás si te quedas! – exclamó el Burro. - ¡Anda! ¡Vente con nosotros! Nos vamos a Brema a formar una banda de música. Tú tienes buena voz y puedes servirnos y sobre todo saldrás del apuro en que te hayas.

- ¡Claro que voy! – cantó el Gallo.

Y hete aquí que los cuatro emprendieron el camino de Brema. Pero la ciudad estaba muy lejos de modo que no pudieron llegar a ella aquel mismo día. Así que al dar con un bosque, decidieron que aquel era un buen lugar para pasar la noche. El Burro y el Perro se tendieron al pie de un gran árbol, mientras que el Gato y el Gallo se encaramaban a las ramas. Este último todavía hizo más, se subió volando a lo más alto para ser el primero que viera el amanecer del nuevo día. Antes de dormirse, el Gallo echó una mirada a los cuatro puntos cardinales y eso hizo que descubriera a lo lejos una lucecita.

Dijo: - ¡Eh amigos! Creo que diviso una casa. ¿No estaríamos mejor en ella?

¡Por supuesto que sí! – dijo el Burro. - Aquí hace fresco.

El Perro dijo que roer unos huesos no le vendrían mal y el Gato que también le gustaría un poco de leche. Con lo que se pusieron todos en camino por donde brillaba la luz.

Por fin llegaron a una casona sólida pero de mal aspecto. El Burro que era el más alto y el de más experiencia de todos se acercó a una ventana y echó una mirada al interior.

- ¿Qué descubres, querido Burro? – preguntó inquieto el Gato.

- ¡Ay amigos! Vaya mesa la que hay ahí dispuesta. Menuda comilona nos daríamos, pero vaya gente también la que está ahí sentada. ¡Son un atajo de bandidos! ¡Esto es una cueva de ladrones!

Los cuatro animales se pusieron a deliberar sobre lo que debían hacer. Tenían mucha hambre y no estaban dispuestos a quedarse sin comer. Al fin y al cabo los que allí estaban eran unos bandidos. No tardaron en dar con la solución. El Burro se colocó con las patas delanteras en el antepecho de la ventana, el Perro montó sobre la espalda del asno, el Gato se subió encima del Perro y finalmente el Gallo se colocó en un vuelo sobre la cabeza del Burro. Una vez así dispuestos, en cuanto el asno levantó la cola, los cuatro lanzaron sus voces formando una espantosa música. El Burro se puso a rebuznar, el Perro a ladrar, el Gato a maullar y el Gallo a lanzar sus *kikirikis*, y todos a un mismo tiempo. Y por si todavía fuera poco, acto seguido se precipitaron por la ventana rompiendo todos los cristales y armando un estrépito de mil demonios. Todo aquel ruido hizo que los bandidos se levantaran presos del pánico y que echaran a correr con toda su alma en dirección al bosque. Les parecía que el mundo se les venía encima.

Muy contentos por el éxito obtenido con su estratagema, los cuatro compañeros se sentaron a la mesa y se dieron la gran comida con las sobras que allí encontraron. Luego, hartos, apagaron la luz y buscaron un sitio donde pasar la noche. El Burro encima de la paja, el Perro detrás de la puerta, el Gato junto a las brasas del hogar y el Gallo en una viga. Y como todos estaban muy cansados por la larga caminata del día, pronto quedaron profundamente dormidos. Sería ya medianoche cuando los ladrones se recuperaron lo bastante del pánico para poder comenzar a volver a pensar. Les ayudó a ello el que todo pareciera tranquilo y no se viera luz en la casa.

Un Bandido dijo: - Capitán, nos hemos asustado demasiado pronto. Deja que vaya a ver qué ocurre.

El Bandido obtuvo el permiso de su Capitán y se encaminó, cautelosamente, hacia a la que, hasta entonces, había sido su guarida. Como lo vio todo quieto y silencioso decidió entrar en la cocina para encender luz. Los brillantes ojos del Gato le hicieron creer que se trataba de brasas encendidas, y aplicó a ellos una pajilla para que se encendiese. El gato no se anduvo con chiquitas. ¡Le saltó al rostro bufando y clavándole las uñas! Asustado, el Bandido echó a correr hacia la puerta y entonces el Perro se levantó de un salto y le mordió en una pierna. Esto le hizo ir a parar a donde estaba el Burro, que le soltó una coz que lo echó fuera de la casa. Al mismo tiempo, despertado por el barullo, el gallo soltaba en su sobresalto un poderoso ¡¡¡*kikirikiiiiiiiiiiii*!!! Como alma que lleva el diablo, llegó el ladrón hasta donde le aguardaba el Capitán y el resto de la pandilla y cuando el primero le preguntó a qué se debía tanto alboroto, el vapuleado Bandido aseguro:

- ¡Allí no podemos volver Capitán! En la casa hay un bruja horrible que me ha soltado un gran bufido y arañado con sus largas uñas y en la puerta un hombre que me ha atizado una cuchillada en una pierna y por si fuera poco, un enorme monstruo me ha aporreado con un gran mazo mientras que en lo alto de la casa un juez se ha puesto a gritar: "TRAEDME ESE BANDIDO AQUÍ, TRAEDME ESE BANDIDO AQUÍ..." Aún no se como pude escapar...

Este relato asustó mucho a la cuadrilla de bandidos que decidieron no volver jamás a la casa.

Y de este modo los Músicos de Brema se encontraron dueños de la vivienda y tan a gusto en ella que ya no quisieron abandonarla.

FIN

LA GALLINA DE LOS HUEVOS DE ORO
Charles Perrault

Había una vez una granja de la que sus dueños cuidaban con esmero. No solo había en ella los animales que suelen vivir en una granja cualquiera, sino que esta además se hallaba rodeada de prados y huertos que la hacían más hermosa y más rica que las demás.

El granjero se ocupaba del ganado, regaba el huerto y recogía la hierba. Y la granjera atendía a la casa, alimentaba a los conejos y a las gallinas y recogía los huevos de estas que, como estaban sanas y comían muy bien, ponían muchos y muy grandotes.

Un día...

- Tres docenas, cuatro docenas, cinco docenas. Y ahora recogeré los que dejan olvidados en los antiguos pesebres. La gallina pinta pone todos sus huevos por aquí. No sé qué manía le ha dado de dejarlos tan escondiditos. ¡Caramba, qué huevo tan raro! Pesa mucho. Voy a salir al corral, que allí lo veré mejor. ¡Dios santo! ¡Pero si parece de un metal precioso! ¡Esto es oro, oro del de verdad! ¡Ay, señor, que yo estoy dormida! ¡No es posible lo que veo! ¡Marido, marido!

- ¡Ya voy! Pero ¿qué te pasa, mujer? ¿Te ha picado un tábano? ¿Qué es lo que te ha puesto tan fuera de ti?

- Mira, mira qué huevo más raro ha puesto nuestra gallina la pinta, de oro puro. ¿Te das cuenta, Germán? Mucho dinero nos han de dar en la capital por esto. Me parece que pesa al menos un cuarto de kilo.

- Bien dices, bien. Guárdalo, que el sábado lo llevaré al joyero de la calle Ancha. Y vigila bien a la pinta, no se nos vaya a perder o a desgraciar, que esa gallina bien cuidada nos ha de hacer ricos. Y ahora, a seguir con el trabajo.

Pasado el primer momento de sorpresa, siguió la granjera recogiendo los huevos. Y según le ordenara su marido, vigilaba estrechamente a la pinta. Y cuando el sol se iba ya ocultando, la hizo entrar la primera en el gallinero, no fuera que algún zorro la atacara por la noche.

Al día siguiente, no bien hubo amanecido y mientras el granjero ordeñaba las vacas, sacó la mujer grano del mejor y le dio el desayuno a la pinta, que tan encantada estaba de un menú tan exquisito que, en cuanto se lo comió, se fue derechita a los antiguos pesebres. Y al poco rato ya cacareaba para contar a todos que había puesto otro huevo.

- *Co-co-co-co-co.*

- Esa es la pinta. Seguro. Voy allá a la antigua cuadra a ver si recojo algún huevo más. A ver, nada, aquí tampoco. En el pesebre de arriba sé yo que alguno ha de haber. Sí, uno, y bien calentito está. ¡Ay, señor! Que brilla mucho. ¡Ay, que es de oro también! Lo miraré fuera para asegurarme. ¡De oro! ¡Otro huevo de oro! ¡Ay, pinta, gallina bonita. Que nos haces millonarios! ¡Marido, marido! ¡Ven, corre, que la pinta ha puesto otro! ¡Corre, marido!

- ¡Ya voy, ya voy! ¿Qué, otra vez? Esta sí que es buena. Nada, que esta gallina pinta es una auténtica mina. Bueno, mujer, pues ya lo sabes, cuídala y aliméntala bien, que cuenta nos trae que siga poniendo. Guarda este huevo con el otro. Y si mañana se repite la historia, hablaremos con más calma.

Hizo de nuevo la mujer según le aconsejaba su marido. Guardó y alimentó a la gallina. Y al día siguiente, cuando fue a coger los huevos y halló otro de los de oro, avisó a toda prisa a su marido y este dijo:

- Yo creo que lo mejor será que averigüemos si la gallina tiene algún pequeño mecanismo dentro de ella que la hace producir el oro. Pues, fíjate, mujer, que si se pudiera hacer que la gallina se quedara sin sentido y le sacásemos de su interior el mecanismo, podríamos fabricar oro cada vez que quisiéramos.

- Germán, a mí eso me parece muy bien. ¿Pero cómo se sabe si tiene ese mecanismo dentro o no?

- Muy sencillo, mujer. Se le hace una operación como si tuviera apendicitis. Se le pone anestesia general. Mientras la pinta se echa una siestecita, el veterinario le saca el mecanismo con que ella fabrica el oro y ya está.

- Oye, pues no es mala la idea. Y eso de dormirla tendrá que hacerlo el veterinario. Nada, que eres listísimo, marido mío.

Y los dos ambiciosos granjeros charlando y charlando, no se habían dado cuenta de que picoteando por allí como quien no quiere la cosa estaba la gallina pinta, que con auténtico terror escuchaba lo que sus dueños planeaban hacer con ella.

- Sí, vamos, estos dos se creen que yo voy a dejarme coger y que van a andarme en las tripas y que me van a dejar turulata con la anestesia. ¡Y un jamón! Ni tengo mecanismos para el oro, ni apéndice para que me lo hurgue don Pantaleón el veterinario. Lo del oro ha sido, seguramente, porque me tragué aquellas pepitas junto al río. Pero que de operarme, nanay. Me voy a buscar otra granja donde los dueños no sean tan tremendamente ambiciosos.

Y muy ofendida, la gallina pinta se fue de la finca donde siempre había vivido. Y tomando la carretera, hizo autostop. Y siendo recogida por un tractor que por allí pasaba, abandonó aquel lugar para no volver nunca más.

Ya veis, queridos amigos, de qué manera perdieron los granjeros a su gallinita de los huevos de oro. Y es que nunca se debe ser demasiado ambicioso.

FIN

EL SOLDADITO DE PLOMO
Hans Christian Andersen

Aquella tarde, habían ido a casa de Jaime varios amiguitos para jugar y merendar. Así, después de tomar un rico chocolate con churros y una gran tarta de manzana, se dispusieron a jugar al escondite.

Miguel escogió el cuarto de los juguetes. Se acurrucó junto a un mueble donde había colocado un castillo y, delante del castillo, erguido y bien plantado, se hallaba un simpático soldadito de plomo. Miguel, desde su escondite, se le quedó mirando y al fin le preguntó:

– ¿Y tú quién eres?

– ¿No lo ves? Pues, un soldado. Un soldado de plomo. Mira mi traje: pantalones blancos, chaqueta azul, polainas negras, alto morrión con plumero. Soy un granadero.

– Sí, sí, pero te falta una pierna – le dijo Miguel.

– Sí, pero soy muy valiente. Si yo te contara...

– Cuenta, cuenta, te escucho ¿Has pasado muchas aventuras? – preguntó intrigado Miguel.

– Verás, te contaré la más importante ¿Sabes por qué estoy aquí de guardia permanente a la puerta de este castillo de juguete? – preguntó el soldadito de plomo.

– No. Cuenta, cuenta...

– El año pasado regalaron a tu primo Jaime este castillo – empezó a explicar el soldadito – Para que no estuviera tan vacío colocó dentro una muñequita de su hermana. Una bailarina preciosa, con su traje de tul blanco, su diadema de brillantes y su gargantilla de perlitas, de la que pendía una lentejuela de plata que lanzaba resplandecientes destellos. Parecía que siempre estaba dando vueltas y más vueltas. Yo, desde la caja de cartón donde estaba con los demás soldaditos de plomo, la miraba y la miraba, me pasaba todo el día mirándola. ¡Era tan bonita! – suspiraba el soldadito de plomo – Por la noche, cuando daban las doce, y los juguetes nos ponemos en movimiento, yo me iba hacia el castillo para estar a su lado y charlar. A veces, incluso, bailábamos. Bueno, aún lo seguimos haciendo. Pero un día, después de jugar con nosotros, a tu primo Jaime se le olvidó colocarme en la caja de cartón. Vino una ráfaga de viento que movió la cortina del salón de tal forma que hizo que me tambaleara y cayera por la ventana a la calle...

Y sí amigos, allí quedó el soldadito en mitad de la acera. Al salir del colegio le encontraron unos niños. Como había llovido mucho, junto a la acera se deslizaba una corriente de agua. Veréis lo que se les ocurrió.

– ¡Mirad! ¡Un soldadito de plomo! – exclamó un niño.

– ¡Es verdad! Y le falta una pierna – dijo su amigo.

– ¿Por qué no hacemos un barco de papel y lo metemos dentro? – propuso otro de sus amigos.

– ¡Qué buena idea! ¡Venga, coge un trozo de papel! ¡Venga, date prisa!

– Ya va, ya va.

– ¡Venga! – coreaban impacientes los niños.

– Que ya acabo, esperad un momento, ya, ya – dijo mientras acababa de construir el barco de papel.

– ¡Ah! ¡Ya está! Venga, ahora ponlo en el agua.

– ¡Qué bien navega! – dijeron alegres los niños - En vez de un soldado parece un marinero. ¡Mirad que tieso va!

– ¡Cuidado! ¡Qué se va! ¡Se lo traga la alcantarilla! – gritó uno de ellos.

– ¡Que se escapa! ¡Hay que sujetarlo!

Pero los niños no pudieron hacer nada para impedir que el pobre soldadito de plomo y su barco de papel cayeran por la alcantarilla.

– ¡Oh! ¡Adiós, soldado de plomo! – se despidieron los niños - ¡Adiós barquito de papel!

En la habitación de juguetes de casa de Jaime, el soldadito seguía relatando su aventura a Miguel:

- Efectivamente, nos metimos por una alcantarilla, entre un torrente de agua. Todo estaba muy oscuro, pero yo tan tieso, sin pestañear ¿A dónde me llevaría aquella corriente de agua? Pronto me enteré... ¡al río! Y lo peor es que el barco, como era de papel, se empezaba a hundir. Cada vez entraba más agua. Mentalmente me despedí de todos, de mis compañeros de la caja de cartón, de mi amigo Jaime, de mi bailarina, a la que ya no volvería a ver más – explicaba el soldadito recordando aquel momento – Sin embargo, ocurrió algo inesperado. Una trucha, una hermosa y reluciente trucha, abrió su bocaza en el mismo momento en que el barco de papel desaparecía bajo mis pies y empezaba a hundirse. Desde luego, tampoco me ilusionaba encontrarme en las tripas de una trucha, pero un soldado no ha de acobardarse nunca y yo seguía firme. Al cabo de un tiempo, por la senda que bordeaba la orilla del río pasaron varios pescadores. Unos venían hablando, otro silbaba una cancioncilla. Yo, desde dentro de la trucha los oía hablar:

    - ¡Buena mañana para pescar! – dijo uno de los pescadores – Yo me quedaré aquí a la sombra de este árbol y me sentaré sobre esta piedra. ¡Suerte! ¡Hasta luego! – y se fue silbando hacia el árbol.

- ¡Chicos! ¡Vaya trucha que he pescado! – dijo otro de los pescadores – ¡Es un ejemplar extraordinario! Se la regalaré a mi hermana, que es cocinera y hoy es su cumpleaños.

Imaginaos la sorpresa de su hermana, cuando pasó lo que os voy a relatar:

– Bueno, voy a ponerme a freír el pescado. También freiré la trucha que me ha regalado mi hermano, pero primero voy a limpiarle las tripas – dijo la hermana cocinera - ¡Uy! ¿Qué tiene aquí? ¡Anda, si es un soldadito de plomo! ¡Niños, niños, venid! ¡Mirad lo que he encontrado!

– A ver, a ver. ¿Qué pasa? ¿Qué has encontrado? – preguntaron los niños que acudieron corriendo a la cocina.

– ¡Toma, Jaime! Mira lo que había en la tripa de esta trucha. Es para ti – le dijo su madre.

– ¡Pero si es mi soldadito de plomo! ¡El que se había perdido! – gritaba entusiasmado Jaime - ¿Cómo habrá ido a parar a la tripa de un pez? Esta vez lo pondré a la puerta del castillo para que vigile la entrada y no se mueva de allí.

Miguel no podía dejar de escuchar al valiente soldadito de plomo que ya estaba casi al final de su historia:

- Ya puedes imaginar la alegría que tuve. Haber sido salvado de las tripas de la trucha y haber sido llevado otra vez a mi casa, con todos mis amiguitos. Y sobre todo, que tu primo Jaime me destinara para la vigilancia del castillo, junto a mi amada bailarina – explicaba orgulloso el soldado - ¡Era algo increíble! Estaba tan contento que me puse a cantar el himno de mi regimiento.

FIN

PINOCHO

Claudio Collodi

Érase una vez, un viejo fabricante de marionetas llamado Geppetto. Su vida transcurría entre maderas y pinceles, pero era un poco aburrida. Geppetto estaba solo, con la única compañía de un gato y de un pez.

- Ciertamente, mi vida no es demasiado alegre, no tengo nadie que me cuide. ¡Vaya vejez me espera! – se quejaba triste Geppetto.

Un día tuvo una gran idea. Con un hermoso tronco, se construyó un muñeco para que le hiciese compañía. Cuando lo tuvo acabado, estaba tan satisfecho que quiso darle un nombre.

- Te llamaré Pinocho ¡Je, je, je! – le decía Geppetto muy contento al muñeco de madera que acababa de construir - ¡Eres tan simpático! Pinocho, mi querido Pinocho ¡Lástima que no seas un niño de verdad!

Aquella noche, Geppetto durmió mucho más feliz. Y además, recibió una visita inesperada. Un hada se compadeció de él y decidió dar vida al muñeco de madera. Con su varita mágica pronunció un encantamiento:

– ¡Despierta Pinocho! A partir de hoy vas a ser el hijo de Geppetto. Te ordeno que a cambio de tener vida debes respetarle y quererle mucho. Piensa que nadie te cuidará como él – dijo el hada buena dirigiéndose al muñeco.

A continuación, el hada descubrió a un grillo escondido entre maderas y le dijo:

– Y tú, grillo Cri-Cri, serás la conciencia de Pinocho. Aconséjale y ayúdale como puedas.

Y diciendo estas palabras, el hada desapareció. A la mañana siguiente, Geppetto no podía dar crédito a sus ojos.

– ¡Es maravilloso! ¡Mi muñeco Pinocho puede moverse! Es mucho más de lo que yo había pedido.

– Sí, papá Geppetto y también puedo hablar – le contestó Pinocho ante el gran asombro de su entusiasmado padre.

Los días fueron pasando y Geppetto se sentía inmensamente satisfecho, pero el pequeño Pinocho empezó a demostrar que era un niño revoltoso y desobediente. Además, se burlaba de los consejos de Geppetto y del grillo Cri-Cri. Lo que menos le gustaba era tener que ir cada día a la escuela.

- ¡Qué tontería! No sé por qué tengo que aprender todos esos números y esas letras ¡No sirve para nada! – se quejaba Pinocho todos los días.

El grillo Cri-Cri intentaba convencerle de buenas maneras:

- Pinocho, si no vas a la escuela serás más tonto que los asnos ¡La cantidad de niños que quisieran tener tu suerte!

Llegó el invierno y Geppetto gastó todo su dinero en comprar ropa de abrigo y libros para Pinocho. Este, que en el fondo no era malo sino un poco raro, intentó tener una buena conducta.

- Ya verás, papá Geppetto. Ahora voy a estudiar de verdad, así aprenderé muy rápido y ganaré dinero trabajando. Nunca más pasaremos frío.

Con esta promesa, Pinocho marchó camino de la escuela. Pero a medio camino oyó una musiquilla que venía de un teatro de títeres cercano.

- ¡Títeres! ¡Son hermanos míos! Esto sí que no me lo pierdo. Voy a entrar en ese teatrillo para ver la función – dijo decidido Pinocho dirigiéndose al teatro.

Dicho y hecho. Sin pensar en lo irresponsable de su decisión, vendió los libros para pagar la entrada. Sin embargo, Pinocho no se dio cuenta de las malvadas intenciones del dueño de los títeres, llamado Comefuegos. Este pensó que con un muñeco como Pinocho podría hacerse millonario. Así, que lo hizo prisionero.

– ¡Qué tonto que soy! Me he dejado engañar por culpa de mi holgazanería. Y mi pobre papá debe estar solo en la cabaña, muerto de frío e imaginando que estoy estudiando para ser un muñeco de provecho – lloraba Pinocho desde su cautiverio.

Al oír estos lamentos, hasta el propio Comefuegos se enterneció. Liberó a Pinocho y le dio, además, seis monedas de oro para comprar ropa a Geppetto. Pero Pinocho volvió a tener una de sus geniales ideas.

– Voy a convertir estas seis monedas en sesenta. ¡Qué digo en sesenta, en sesenta veces sesenta! Seré un rico negociante y volveré a casa muy rico. Geppetto se sentirá orgulloso de mí.

Pinocho caminaba entre la nieve, muy contento, sin darse cuenta que una zorra astuta le vigilaba, es decir, vigilaba a sus monedas.

– Querido niño, he oído tus palabras y te daré un consejo: si quieres multiplicar tus riquezas, solo debes plantar las monedas en el campo de los milagros y mañana habrá crecido un árbol cargado de monedas. ¡Ja, ja, ja! – le mintió la zorra.

Pinocho se creyó aquella mentira y, claro, como os podéis imaginar, al día siguiente no encontró ni una moneda. Tan grande fue su decepción, que estuvo dos días caminando sin rumbo.

Al regresar a casa, se encontró con el hada madrina.

– Pinocho, me has decepcionado mucho. Te dejas engañar por todo el mundo y no cumples con tu deber – le regañó el hada buena.

– Eso no es verdad, hada, soy el más bueno de los muñecos.

No bien hubo acabado de hablar, Pinocho sintió que la nariz se le estiraba y crecía y crecía sin detenerse jamás.

– ¡Uy! ¿Pero qué me ocurre?

– Acabas de decir una mentira y la nariz te ha crecido. Cada vez que mientas, te sucederá lo mismo – le explicó el hada.

– ¡No, por favor! Nunca más diré mentiras. Te lo prometo, hada.

– Está bien, está bien. Voy a concederte la última oportunidad. Debes ir en busca de Geppetto que, hace dos días, se perdió en el mar cuando intentaba dar contigo.

– ¿Geppetto perdido por mi culpa? – se sorprendió Pinocho - Vamos, Cri-Cri, salgamos a buscar a mi pobre padre.

Pinocho se sentía realmente culpable, tanto que hasta le dolía su corazón de madera.

Una gran tormenta les impidió hacerse a la mar. Mientras tanto, pasó por allí un gordo buhonero que transportaba niños en su carro.

– Anímate, muchacho. Ven con nosotros al país de los juguetes. Ven donde sólo se vive para dormir, jugar y hacer el vago – le dijo el buhonero.

– No vayas, Pinocho. Recuerda que tenemos que encontrar a Geppetto – le recordó Cri-Cri.

– ¡Oh! ¡Cállate ya, Cri-Cri! Iré un rato para ver cómo es el país de los juguetes y volveré enseguida.

Una vez más, Pinocho no tuvo voluntad y se marchó con el carromato. El país de los juguetes era, en verdad, divertidísimo y pasaron los días sin darse cuenta. Hasta que una mañana:

– ¡Uy! ¿Qué son estas orejas que me están creciendo? ¡Anda! ¡Y aquí me está saliendo un rabo! – exclamó Pinocho.

– ¡Ja, ja, ja! ¿Acaso te creías que yo era un buhonero normal y corriente? Se te ha acabado la diversión, Pinocho. Gracias a la comida que te he dado te estás convirtiendo en un asno. ¡Ja, ja, ja! Ahora tú tirarás del carro.

Pinocho sintió terror. Su cuerpo se transformaba en un asno auténtico. Sin saber qué hacer, empezó a correr y a correr, seguido por el fiel Cri-Cri. Al fin, llegó hasta un acantilado. Detrás veía venir al buhonero a lo lejos. Delante tenía el mar.

– ¡Agárrate fuerte, Cri-Cri! No nos queda otro remedio que saltar.

Al caer al agua, Pinocho volvió a ser un títere de madera. Pero de nuevo se le presentaban graves problemas y esta vez no pudo evitarlos. Una enorme ballena se tragó a Pinocho y a Cri-Cri pero cuál sería su sorpresa al encontrarse, dentro del estómago de la ballena, al mismísimo Geppetto.

– ¡Papá! ¡Papá querido! ¡Oh, papá! Perdóname por todo lo que he hecho. He sido tan malo que no merezco que sigas queriéndome.

– ¡Calla, calla! No quiero oír nada más. Lo importante es que ahora estamos juntos y debemos salir de aquí – le dijo Geppetto con lágrimas en los ojos.

Y justo en aquel momento, la ballena sintió ganas de estornudar. ¡Qué suerte! Geppetto, Pinocho y Cri-Cri fueron despedidos, con tal fuerza, que aterrizaron en una playa cercana. El golpe fue tan terrible que Pinocho perdió el conocimiento.

Al despertar, volvía a estar en su cama, rodeado por Geppetto, el hada y el grillo Cri-Cri. Pinocho notó algo extraño y palpó su piel.

– Pero... ¡si soy un niño! ¡Un niño de verdad! ¡Miradme! – gritaba Pinocho.

– ¡Así es! Este es tu regalo por haber aprendido la lección. Nunca más debes decir mentiras, ni volver a las andadas – le dijo el hada.

– Prometido.

A partir de aquel día, Pinocho cuidó de Geppetto, que nunca más volvió a sentirse solo y fueron muy, muy felices.

FIN

ALÍ BABÁ
Anónimo, de "Los cuentos de las mil y una noches"

Esta historia que voy a contaros, amiguitos, sucedió hace muchos años en un pueblo árabe. Allí vivían dos hermanos que se llamaban Alí Babá y Mohamed Babá. Alí Babá era pobre, pero no era ambicioso y se conformaba con su suerte. Por el contrario, Mohamed, habiendo recibido una herencia su mujer, era bastante rico y muy ambicioso.

Un día en que Alí Babá recogía frutos en un lugar cercano a un bosque, oyó los cascos de muchos caballos que retumbaban en el suelo aproximándose veloces.

- Alguien se acerca. Y son muchos jinetes. Es posible que sean bandidos, así que me esconderé entre aquellos matorrales hasta que se hayan perdido de vista. Me daré prisa, ya están aquí.

Alí, desde su escondite, observaba curioso la llegada de unos cuarenta hombres a caballo, los cuales al entrar en un claro en el que no se apreciaban más que unos matojos dispersos, descabalgaron en silencio. Y atentos se dispusieron a obedecer las órdenes de uno de ellos que parecía ser su jefe.

- Escuchad. Tú, Mustafá, y tú, Yusuf, vigilad estos alrededores. Los demás, bajad los bultos de los caballos, que vamos a guardarlos.

Se colocó el jefe ante uno de los matorrales. Y levantando su brazo derecho dijo:

- ¡Ábrete Sésamo!

- El matorral se abre en dos y veo una cueva o al menos así lo parece. La entrada es muy grande y van pasando los cuarenta hombres. Han desaparecido todos dentro. ¡Qué cosa tan extraña! Esperaré a ver si salen e iré luego a investigar.

Así lo hizo Alí. Y cuando los hombres se marcharon, se colocó ante el matorral de la misma forma que el jefe de los ladrones y pronunció las palabras mágicas.

- ¡Ábrete Sésamo!

Se separaron las ramas del matorral y Alí penetró en la cueva. Esta era muy amplia y Alí se quedó asombrado al ver sus dimensiones. Encendió un candil que allí había y sus ojos contemplaron algo que nunca se habría podido imaginar. Todo estaba lleno de arcas que contenían las joyas más exquisitas. La plata y el oro brillaban y los reflejos de las piedras preciosas cegaban la vista. En un baúl oscuro, las monedas de oro hacían pila y algunas que incluso no cabían, se habían desparramado por el suelo. Alí estaba anonadado. Y cuando reaccionó, pensó así:

- Iré a casa y esta noche volveré a esta cueva con mi borriquillo. Aquí hay unas riquezas tan inmensas que si tomo algunas de ellas podré vivir tranquilo el resto de mis días y los ladrones ni siquiera se enterarán.

Como había planeado, al filo de la medianoche, se levantó Alí de la cama para ir con su borriquillo a la cueva. Y allí, cargó al animal con lo que mejor le pareció hasta llenar sus alforjas. No cogió muchas cosas porque no era ambicioso. Sin embargo, mientras todo esto ocurría, su hermano Mohamed, que al oír levantarse a Alí sospechó que allí pasaba algo raro, había seguido a este y se había quedado impresionado al ver abrirse la cueva y observar tal cantidad de oro y de gemas que allí había.

Cuando Alí desapareció del lugar, Mohamed pronunció las palabras de la contraseña ante el matorral:

- ¡Ábrete Sésamo!

Y su asombro ante aquel prodigio no tuvo límites. Desde aquella noche, no hubo vez que Mohamed no fuera a la cueva sin volver a casa cargado de joyas.

Entre tanto, los ladrones empezaron a sospechar que alguien les robaba a ellos. Y una noche, el jefe de la banda dijo:

- Esto no puede seguir así. Alguien debe saber la contraseña mágica, abre la cueva y nos roba. Hemos de descubrir quién es y darle un buen susto.

- Creo que sé quién podría ser. Hay un tal Alí Babá que dicen en el pueblo que últimamente se gasta muchos lujos, incluso vive en una de las mejores posadas. Teniendo en cuenta que antes no era rico, ¿no os resulta eso muy sospechoso?

- Tienes razón. Haremos una cosa. Para poderlo vigilar bien cada uno de vosotros se meterá en un odre de vino. Yo me haré pasar por el dueño de la mercancía y me alojaré en la posada. Si descubro algo, ya os lo haré saber. En ese caso, atacaremos a ese descarado Alí y le obligaremos a devolver los tesoros a la cueva.

Al caer la tarde, un mercader, que como ya habréis adivinado, amiguitos, no era otro que el jefe de los ladrones, pidió cama en la posada donde también se alojaba Alí Babá.

- ¡Eh, posadero! Además de cama y cena, necesito un lugar donde colocar estos cuarenta odres de vino. No quiero que al llegar la mañana me hayan desaparecido. Creo que hay por esta comarca muchos bandidos.

- No os preocupéis, señor, que mis criados los pondrán en el patio. Descansad y cenad tranquilo.

Mientras tanto, Alí Babá, que tenía mucho calor en su aposento, bajó al patio a dar un paseo y a tomar un poco el fresco. El lugar estaba muy silencioso y al entrar en él, resonaron sus pisadas con gran eco.

De repente, de uno de los odres salió una voz que dijo:

- ¿Atacamos ya, jefe?

- ¿Qué oigo? Debo estar soñando. ¿Cómo es posible que un odre pueda hablar? Seguiré mi paseo.

Pero al pasar ante otro de los odres, oyó claramente una voz que decía:

- Jefe, ¿atacamos ya?

- Esto sí que no lo he soñado. La voz hablaba con claridad. Pero... Claro, ya comprendo. Aquí habrá unos cuarenta odres. ¿Cómo no me di cuenta antes? Estos son los bandidos que han tomado este extraño escondite. He de avisar a la guardia inmediatamente.

Alí salió de la posada y, con toda rapidez, informó al jefe de la guardia de sus sospechas. Este reunió a un pelotón de los mejores de sus hombres que, en un momento, entrando silenciosamente en el patio, lograron apresar a los cuarenta ladrones y por medio de estos, a su jefe. Imaginaos la cara del jefe de la guardia cuando Alí le informó de la existencia de la cueva de los tesoros. Y, pronunciando las palabras mágicas, abrió los matorrales y les enseñó toda aquella riqueza.

- Alí, ya que tú has descubierto este escondite, y ante lo imposible que resultaría devolver estos botines a sus legítimos dueños, creo que es justo que te quedes con lo que la cueva contiene.

- Yo ya he tomado mi parte, señor. Sin embargo, hay mucha gente necesitada en esta región a la que solucionaríamos sus problemas con solo darles una pequeñísima parte de lo que aquí hay. Yo sugiero que todo esto se reparta con justicia entre quienes más lo necesiten.

Así se hizo. Y gracias a la generosidad de Alí Babá, todos los habitantes de la comarca pudieron vivir con dignidad hasta que sus días acabaron.

FIN

BLANCANIEVES Y LOS SIETE ENANITOS

Hermanos Grimm

Hola, soy Blancanieves. Pero no he venido a contaros un cuento. No. Solamente voy a hablaros de los encantadores enanitos. Yo encontré a los siete míos en el bosque. Pero es que existen más enanitos todavía. Y todos viven ahora también en el bosque.

- Pues, ¿dónde vivían antes?

- Yo creo que vivían donde no viven ahora. Y ahora viven donde no vivían antes, ¿no?

- A ver si os calláis.

- Sigue, Blancanieves.

Antes vivían en las ciudades. Y como eran buenos y trabajadores, se dedicaban a ayudar a los hombres. Pero no se dejaban ver. Eran como duendecillos.

- ¿Y por qué se emboscaron en el bosque?

La pícara curiosidad de las personas les ahuyentó.

- ¿Y cómo ayudaban a los hombres?

Terminándoles por la noche la faena empezada. Voy a poneros unos ejemplos. Supongamos que aquí hay unos carpinteros construyendo una barca de madera. Pues, bien, después de trabajar todo el día se van a dormir. Pero cuando se despiertan, después de la madrugada, se levantan y contemplan la barquita terminada. Tampoco las fábricas de embutidos tenían problemas. Los enanitos, duchos en estas cuestiones y rápidos como flechas, dejan las morcillas hechas y arreglados los jamones.

- Eso me gusta.
- Te gusta que los enanitos trabajen, ¿no?
- No, me gustan las morcillas y los jamones.
- ¡Y a mí! Pero falta el vino.

También hacían el vino por la noche, y de la mejor calidad.

Hubo un día en que el sastre de la corte no pudo terminar el traje que el rey le había encargado con urgencia. El pobre, fatigadísimo, se durmió. Los enanos trabajaron y cortaron y cosieron, el traje del rey hicieron y con oro lo bordaron.

Pero había una mujer muy curiosa que se dedicaba a hacer cuentas de vidrio, quiso ver a los duendecillos cuando fuesen por la noche a trabajar a su casa. Para ello, sembró el suelo de cuentas pensando que al pisarlas harían ruido y ella se despertaría. Y así fue.

Los enanitos llegaron y las bolitas pisaron. Se armó ruido y gran revuelo, con sustos al resbalar pues todos fueron a dar con la nariz en el suelo. Y entonces, asustados, echaron a correr.

- Vámonos al bosque.

Y se refugiaron en el bosque, de donde no han salido nunca más.

- La jugarreta de aquella mujer fue de campeonato.

Sí, Pepito. Por aquella impertinente mujeruca tan curiosa ya no va tan bien la cosa y trabaja más la gente.

- ¿Y los enanitos no volverán más?

No. Todo tiene su fin. Aquello terminó y yo también termino. Me voy con los míos, pues aunque soy princesa, siguen viviendo conmigo en mi país de fantasía. Blancanieves jamás podrá prescindir de sus siete enanitos.

- Se fue Blancanieves.
- Y nosotros nos vamos a dormir, que ya es tarde.
- Sí, porque dormir es dormir. Y el que duerme, resulta que se ha dormido.

FIN

LOS TRES CERDITOS
Charles Perrault

En una granja vivían una vez tres cerditos que se llamaban Tocinete, Laconcito y Cochinín. Laconcito y Cochinín eran hermanos y su amigo era Tocinete. Una tarde, este les dijo:

- ¿Sabéis que el mundo es muy grande y que fuera de la granja hay hermosos bosques y ríos frescos? Yo ya me he cansado de vivir en la granja y más aún sabiendo que si no nos escapamos, acabaremos convertidos en chorizos en cualquier supermercado. Así que he decidido irme a correr mundo. ¿No os apetece venir conmigo?
- Cochinín, Tocinete tiene mucha razón. Huyamos con él y viviremos en libertad.
- ¡Estupendo! ¿Y cuándo has pensado salir, Tocinete?
- He pensado que salgamos antes de que amanezca, así no nos verá nadie.

Tocinete, Laconcito y Cochinín pasaron una noche fatal, no se podían dormir de lo nerviosos que estaban. Antes de que saliera el sol, cogieron su pequeño equipaje y se encaminaron lejos de la granja. Siguiendo el curso del río hacia el mediodía llegaron a un sitio muy bonito, había hierba fresca en la orilla y el agua corría espumosa entre las piedras. También había grandes árboles con bellotas que les parecieron deliciosas a los tres cerditos. Incluso había un charquito con barro que les hizo lanzar gritos de satisfacción, pues a los cerdos les encanta revolcarse en él y notar su frescor. Los tres decidieron pasar allí toda la tarde divirtiéndose todo lo que pudieran.

- Ja, ja, ja. Qué baño tan delicioso me he dado.

- Pues yo he comido tantas bellotas que tengo la tripa como un tambor.

- Podríamos hacer aquí nuestras casitas y quedarnos a vivir. Tenemos agua, sombra, barro y comida. Es un sitio fenomenal. ¿Qué os parece?

- Que has tenido una idea muy buena. Bueno, yo de momento me echaré una siesta.

- Ji, ji, ji, ji. Y yo también. Dará gusto dormir en este suelo tan suavecito.

Tocinete y Laconcito se acostaron y enseguida se pusieron a roncar. Cochinín, que era muy trabajador, empezó a construirse una casa con piedras que fue acarreando. El pobre Cochinín sudó muchísimo, pues una casa de piedra es muy trabajosa de hacer. Pero cuando su hermano y Tocinete se despertaron ya había gran parte hecha.

- ¡Anda! Tu hermano ha estado trabaja que te trabaja mientras tú yo dormíamos. ¡Qué tonto! Mira qué casa más complicada se ha hecho. Con lo fácil que es hacérsela de cañas.

- Sí, sí, muy fácil. Y si luego hay una tormenta, no te durará ni un minuto.

- Anda este. Pues, se vuelve a hacer.

- Pues, yo creo que es mejor hacérsela bien de una vez. Y además me gusta mucho la piedra.

Tres o cuatro días tardó todavía Cochinín en acabar de construir su casa, que hasta tenía chimenea y todo. Y cuando la terminó, fue a buscar una carga de leña que apiló dentro para si algún día llovía no se le mojase.

Mientras tanto, Laconcito y Tocinete se hicieron unas chocitas de cañas y barro. Y todo el tiempo se reían del trabajo que le había costado construir su casa a Cochinín.

Los cerditos vivían muy felizmente en aquel lugar. Lo que ellos no sabían es que cerca de allí también vivía un lobo que, un día, mientras daba un paseo, los vio desde lejos.

- No puede ser cierto lo que ven mis ojos. Ja, ja, ja. ¡Será posible! Pero si son tres cerditos bañándose en el río, el bocado más exquisito para un lobo hambriento como yo. Menuda merienda-cena me espera. Aquel tan gordo va a servirme de entremés.

Y diciendo esto, se lanzó a perseguir a Tocinete. Tanto él como Laconcito y Cochinín salieron corriendo a toda velocidad cada uno hacia su casa.

- ¡Auxilio!

- ¡Socorro!

- ¡Viene el lobo! ¡El lobo!

Tocinete se encerró en la suya, pero al primer empujón del lobo, la choza cedió y se vino abajo. Y menos mal que Tocinete pudo salir por la ventana de atrás y alcanzar a tiempo la casa de piedra de Cochinín.

- ¿Ves cómo tu casa no era segura? ¡Y ahora qué va a ser de mi pobre hermano Laconcito!

El lobo, al ver que Tocinete se le había escapado, se puso muy furioso y se dirigió corriendo hacia la choza de Laconcito.

- Ja, ja, ja. Tú no te escaparás. ¡A por ti voy!

Aprovechando que una de las cañas había caído sobre el lobo al empujar este la choza, Laconcito pudo escapar mientras se recuperaba.

- ¡Ábreme! ¡Ábreme, hermano! ¡Deprisa!

- ¡Pasa, pasa!

- ¡Ay, qué susto, hermanito! ¡Cómo me tiemblan las patas!

- ¡Oíd, el lobo viene hacia aquí!

- No temáis. Con esta casa no podrá. Está muy bien hecha.

- Perdónanos, Cochinín. Si no es por ti y por tu trabajo nos come el lobo.

- Con esta casa no puedo, pero treparé al tejado y bajaré por la chimenea para sorprenderlos.

- ¡Aprisa, Tocinete, Laconcito! Veo asomar una pata de ese horrible lobo por la chimenea. Traed leña, que le vamos a dar un escarmiento.

Y encendieron una gran hoguera. Y con tanto humo y tantas chispas, se chamuscó el lobo, que muy chasqueado se marchó y no se le volvió a ver por aquel lugar.

Y en la casita de piedra de Cochinín vivieron los tres cerditos de allí en adelante. Si algún día pasáis por allí, quizá los oigáis cantando esta canción:

- Para vivir aventuras

de la granja hemos huido

Y gracias a Cochinín,

al lobo malo vencimos.

Hay que ser trabajadores

y las cosas hacer bien.

Pues durmiendo y siendo vagos

llevamos las de perder.

FIN

ROBINSON CRUSOE

Daniel Defoe

Érase una vez, un aventurero llamado Robinson Crusoe que a los dieciocho años se enroló en un barco mercante para conocer mundo.

En uno de sus viajes, cerca de Yarmouth, una terrible tempestad marina, con enormes oleajes y fuertes ventiscas, hizo naufragar al barco. Dos días permanecieron los supervivientes navegando en una barca hasta llegar al puerto. Algunos desistieron de seguir siendo marineros, pero no Robinson.

– Me enrolaré en el primer barco que zarpe, si me aceptan como grumete. Las tempestades son cosas frecuentes en el mar, pero no todos los barcos naufragan.

Encontró un nuevo barco con el que zarpó a los pocos días.

– Esta vez sí llegaré a América. Lleno de países misteriosos y de tribus desconocidas.

Así pensaba Robinson mientras arriaba las velas y fregoteaba el suelo del barco.

Un día, el vigía, desde lo alto del mástil, dio la voz de alarma:

– ¡Barco a la vista! ¡A estribor! – gritaba – Atención, está izando la bandera pirata. ¡Zafarrancho de combate!

El barco pirata se lanzó al abordaje. Sus hombres se lanzaron, atados con cuerdas, al barco donde estaba Robinson. La lucha fue encarnizada. Los piratas les invadían por todas partes, hasta que el capitán del barco izó la bandera blanca, en señal de entrega.

Los supervivientes, entre los que se encontraba Robinson, encadenados, fueron encerrados en las bodegas del barco pirata, mientras estos desvalijaban el barco vencido y lo incendiaban. El barco, ardiendo por los cuatro costados, se alejó mar adentro entre los gritos de triunfo de los vencedores.

Dos años permaneció Robinson encerrado en poder de los piratas, que lo utilizaban como esclavo. Pero en su mente sólo rondaba una idea:

– He de huir de aquí. Estamos cerca del mar y si pudiera escapar y apoderarme de una barca, huiría mar adentro.

– Olvídate de la libertad. Moriremos aquí agotados por el

trabajo – le dijo el vigía, que también estaba prisionero.

- Yo no. Prefiero morir en un intento de fuga que permanecer aquí el resto de mi vida.

Días después, su compañero de cautiverio le vio escapar. Huyó agazapado hacia la playa. La noche era oscura, calmada y el oleaje suave lamía la arena sin alborotar. Ya en la orilla empujó una barca hacia el mar, sumergiéndose en el agua para no ser visto y lejos de la playa saltó a la barca y empezó a remar. La noche era oscura y eso le facilitó la huida.

Tres días estuvo navegando hasta vislumbrar un barco portugués que le admitió a bordo.

- He permanecido dos años encerrado. Para mi se acabó la cautividad y quiero ser libre.

Una terrible tempestad bateó el barco sin compasión y rompió las velas lanzándolas contra las lejanas playas. Se salvaron pero el viento huracanado dio un giro total, y en lugar de llevar al barco hacia la playa lo lanzó contra las rocas.

Robinson permaneció, durante días, inconsciente en la playa, agotado por el esfuerzo que tuvo que hacer para llegar a ella, luchando contra las embravecidas olas.

- Esto parece una isla. Mis compañeros de barco deben estar como yo, diseminados por la playa.

Alzó la mirada, pero no vio ni un superviviente. Sólo viejos baúles mecidos por el vaivén de las olas, maderos, restos del barco... ¡pero ni un ser humano vivo!

– Otra vez prisionero, pero esta vez sin guardianes. Daré una vuelta por la selva, tal vez encuentre algo.

Penetró en la selva, asustando a las aves que no estaban acostumbradas a los seres humanos. Era un paraje maravilloso, pero estaba tristemente solo.

Entre los restos del barco que iban llegando a la orilla, había armas, herramientas y madera suficiente para construirse una vivienda, así que empezó a trabajar.

Pero un día, cuando estaba preparando trampas para cazar algún animal, escuchó gritos y cantes.

– ¡Alguien a desembarcado en la isla! ¡Estoy a salvo!

Corrió hacia la playa, pero antes de llegar vio el humo de una fogata. Avanzó despacio, sin hacer ruido, con su rifle dispuesto para defenderse. En la playa, una docena de salvajes saltaban en torno a un compañero suyo que estaba atado. Eran antropófagos. ¡Estaban preparando una parrilla para asarlo y comérselo!

– ¡Dios mío! ¿Qué hago? Si intento salvarle me atacaran, son muchos contra mí, tienen arcos de flechas y lanzas – pensó Robinson.

Se fijó detenidamente. No tenían armas de fuego. Eran primitivos y estaban semidesnudos, con plumas y pintarrajeados. Tal vez el ruido de un disparo les asustaría.

– ¡Me arriesgaré! Si me capturan moriré, pero.. ¿qué vida me espera en esta isla desierta?

Y, sin pensarlo más, salió de la jungla gritando y disparando su fusil al aire.

– ¡Fuera de aquí! ¡Esta es mi isla! ¡Fuera! ¡Fuera!

Al oír el ruido de los disparos, los salvajes escaparon hacia las barcas, subieron en ellas, alejándose lo más deprisa que pudieron y dejaron atado a su compañero caníbal, que miraba muy asustado a Robin.

– Tranquilo, no te voy a hacer daño. Te he salvado la vida.

Robin avanzó hacia él, sonriendo. Le desató esperando su reacción, pero el joven caníbal se arrodilló a sus pies, hundiendo la cabeza en la arena.

– Vaya, parece que se lo ha tomado bien – y le dijo – Yo amo, tu esclavo.

Le llevó a la cabaña que se había construido en un claro de la selva y le dio de comer carne. ¡El caníbal se la comió cruda!

– Voy a tener que educarte. ¡Estás hecho un salvaje! Primero, tengo que llamarte de alguna manera. Veamos... Aquí en la pared he ido haciendo una rayita por cada día que pasa. ¡Dios! ¡Llevo más de dos años aquí! – se sorprendió Robin – Hoy según mis cálculos es viernes. Te llamaré viernes. ¡Viernes, ven!

El caníbal le miró asustado.

– Vi... er ... nes – pudo pronunciar el caníbal con gran esfuerzo.

– ¡Perfecto! Tú Viernes, yo Robinson.

Y le tendió la mano. El caníbal se la besó agradecido pues comprendía que le había salvado la vida. Robinson tardó varios años en hacerle comprender su idioma, en enseñarle a pronunciar palabras y a entenderse. Viernes era un muchacho muy listo.

Unos días al año, Viernes se ponía muy nervioso y señalaba la orilla. Robinson subía a un árbol y veía aproximarse algunas canoas salvajes de caníbales que no se atrevían a desembarcar porque Robinson, desde lo alto, disparaba una de sus escopetas y los caníbales huían asustados. ¡El mago del ruido seguía en la isla!

También llegaron unos piratas que desembarcaron para enterrar sus tesoros robados a barcos extranjeros. Tras sepultarlos en la arena, los piratas pelearon entre sí, porque todos querían ser el único en saber dónde estaba oculto el tesoro. La pelea fue muy grande y no sobrevivió ninguno de ellos. Robinson cavó en la arena para abrir aquel arcón repleto de monedas de oro y joyas.

– Aquí no me sirven de nada – se lamentó.

Unos años después, Viernes entró corriendo en la cabaña:

– ¡Una barca grande! ¡Muy grande! – gritó.

– Serán piratas – pensó Robin.

Ambos corrieron a la playa y vieron un barco que había fondeado cerca. Los marineros se disponían a explorar la isla en busca de salvajes. Robinson y Viernes, rápidamente, encendieron una fogata para llamar su atención.

Cuando los navegantes desembarcaron y escucharon su historia apenas podían creerla.

– Llevadnos donde queráis, pero sacadnos de esta isla – les rogó Robinson.

Cuando ya estaban a bordo del barco, Viernes llegó con unos marineros. Llevaba oculto, en un saco, el arca repleta de oro. Así, los dos, pudieron rehacer sus vidas.

FIN

LA BELLA DURMIENTE
Charles Perrault

Érase una vez un lejano y hermoso reino donde todos eran felices. Gobernaban unos bondadosos reyes a quienes todos sus súbditos querían y respetaban. Un día, estos buenos reyes tuvieron una hija, una hijita preciosa. Y para celebrarlo decidieron dar una fiesta tan brillante que todo el mundo la recordase durante toda su vida. La fiesta fue realmente maravillosa. Todo el mundo disfrutó. Las fuentes públicas, en vez de derramar agua, vertían zumos de frutas. En lugar de postres se colocaron grandes barras de caramelo. Y en palacio se invitó a todos los reyes de los reinos vecinos y a diversas hadas. Cada una de estas hadas, con sus poderes mágicos, regalaron a la princesita recién nacida un don maravilloso.

- Princesa, mi don será que goces siempre de muy buena salud.

- El mío será la belleza. Que seas la más hermosa del reino.

- Yo haré que seas lista y estudiosa. Mi don será la inteligencia.

Todos se sentían felices cuando las tres hadas pusieron sus varitas mágicas sobre la cabeza de la princesa. Pero, de pronto...

- Ja, ja, ja, ja, ja.

Entre una nube de humo negro apareció un hada vieja y muy mala a la que los reyes no habían querido invitar. Un hada que de puro mala que era se había convertido en una bruja.

- Yo también quiero hacer un regalo a la princesita. La princesa tendrá todos los dones que le han otorgado. Sí. Pero cuando cumpla dieciséis años se pinchará un dedo con el huso de una rueca y morirá.

Como podéis suponer, al desaparecer la bruja, el rey, la reina y todos los allí presentes, quedaron sumidos en la mayor tristeza. Más, de pronto, un hada joven y hermosa que había permanecido en silencio, se acercó al rey y le dijo:

- Majestad, todavía yo no he otorgado mi don a la princesita.
- ¿Podréis entonces hacer desaparecer el maleficio que pesa sobre la princesa?
- No, majestad. Pero puedo mejorar un poco la situación. Princesita, cuando cumplas dieciséis años, te pincharás con el huso de una rueca pero no morirás, solo será un sueño. Un sueño muy largo del que no podrás despertar hasta que recibas tu primer beso de amor.

El rey llamó a sus servidores y les ordenó que hiciesen desaparecer del reino todas las ruecas y todos los husos que utilizaban las mujeres para hilar la lana. Y tal como lo mandó, fueron quemados todos. Sin embargo, la princesa fue creciendo. Era una niña encantadora, dulce y muy hermosa.

Así fue pasando el tiempo. Y el día en que la princesa iba a cumplir dieciséis años, el rey decidió dar otra gran fiesta. La princesa estaba en su cámara, esperando que las doncellas trajesen su vestido de baile, cuando repentinamente se fijó en una puerta que había en un rincón de la estancia y por la que nunca había pasado. La abrió, penetró por ella y siguió un largo corredor. Al final, otra puerta, la abrió y encontró a una anciana sentada, hilando en una rueca y con un huso en la mano. Aquella anciana no era otra que la bruja que ya conocemos.

- Hola, pequeña. ¿Vienes a hacerme una visita? Estoy siempre tan sola en esta torre...

- Pobrecita, tan anciana... No sabía que hubiese alguien trabajando aquí. Pero decidme, ¿en qué consiste vuestro trabajo? Nunca he visto esos utensilios tan raros.

- Mira, pequeña. Esto sirve para hilar la lana.

- ¡Qué bonito! ¿Y eso blanco que parece un huevo?

- Es la lana que se va poniendo en el huso. Ven, ven, te enseñaré a manejarlo.

La princesita se acercó, tomó el huso y al instante se pinchó con él.

- ¡Ay, qué mal me siento!

- Ja, ja, ja, ja. Al fin se cumplió mi maldición.

La bruja desapareció marchándose al pantano donde vivía rodeada de murciélagos y sapos malolientes. Ya sabemos que la princesa no murió, sino que quedó dormida. Pero sucedió algo más. No solo se durmió la princesa, se durmieron también el rey, la reina, los pajes, los caballeros, sus caballos, los criados, los pájaros y todo ser viviente del reino.

Las hadas buenas recogieron a la princesa y la acostaron en su cama. Y pasaron los años, diez, cuarenta, cincuenta y hasta cien años. En ese tiempo, un espeso seto de arbustos y espinos empezó a rodear el palacio convirtiéndose en un bosque inexpugnable.

Un día, un joven caballero que iba de cacería acertó a pasar por aquellos parajes. Encontró a un campesino y le preguntó:

- Oiga, buen hombre ¿qué bosque es aquél?

- Señor, no oséis acercaros allá. Es un lugar encantado. Dicen que en el centro se levanta un gran castillo y en él duerme una joven bellísima desde hace más de cien años. Todos cuantos se han atrevido a penetrar en él, no han regresado jamás y han sido devorados por las fieras que habitan en el bosque.

El joven, que era un príncipe de un país lejano, desenvainó su espada y decidió averiguar el misterio que encerraba aquel bosque. Y cuál no sería su sorpresa al ver que las ramas se abrían ante él dejándole paso y que las fieras huían despavoridas.

Llegó al palacio. Y pasado ante los soldados dormidos, que seguían haciendo su guardia en la misma posición que cuando les sorprendió el sueño, llegó hasta las habitaciones de la princesa. Deslumbrado por su belleza se acercó a ella y la besó. En ese instante, la princesa abrió los ojos. Y al tiempo que ella, todos los habitantes del palacio despertaron de tan largo sueño.

El joven y la princesa no dejaron de mirarse a los ojos ni un solo momento. Los reyes, felices de que se hubiese roto para siempre el maleficio de la bruja, concedieron la mano de su hija al joven príncipe. Y las fiestas de la boda duraron más de veinte días.

Pero lo más importante es que ambos jóvenes fueron muy felices el resto de sus vidas.

Y COLORÍN COLORADO...

LOS 20 CUENTOS SE HAN ACABADO...

FIN